日本一ついてない男

西村あずさ

文芸社

日本一ついてない男　もくじ

一　幸運のつきる日

二〇〇三年一月一日の日本に、日本一ついてない男がいました。それが、この小説の主人公の好運月太《こううんつきた》です。名前のとおり、この男の幸運は今日尽きてしまう……。みなさん、月太をどうか見守ってください（ペコリ）。それではスタート。

「あー、なんで元旦早々仕事行かなきゃいけないいんだよ。しかも電話あったの今日だしさ……。あーもー、やってらんねー……」

月太はうっかり犬のフンを踏んでしまっていた。月太はそれを、電柱にこすりつけた。

「くっそー。なんで犬のう〇こが、こんなところにあるんだよ……」

月太は文句を言いながら、仕事場に向かった。月太は仕事場に行くのに数々の不幸に遭《あ》い、月太の体力は0に近かった。なんとか仕事場に着いた月太の働いている場所は、『へー和堂』の『ゲッツ！　アイス！』というところだ。月太は急いで着替え、持ち場に急いだ。すると、

「く……苦しい……」

バタッ。月太が倒れた。〝ピーポーピーポー〟

救急車で病院に運ばれた月太だったが、月太は死んでしまった。すると、

「う～ん、あれ！　俺どうしたんだ？　確か倒れて……あれ、おふくろなんでいるんだ？」

月太の目の前には顔を青白くし、片手にハンカチを握りしめた母がいた。母は月太を見るなり、顔をくしゃくしゃにして泣きじゃくった。

「月太ーどうして……どうして……、母さんより先に死んじゃったんだよー。この、親不孝者。あー月太ー」

母はハンカチに顔をうずめて泣いた。

「何言っているんだよ。俺はここにいるじゃねーかー」

月太は怒りながら、母の体に触れようとした。すると、月太の手は母親の体をすりぬけ、体がベッドから転げ落ちた。

「いててて、どうなってんだよ……。今おふくろの体を触ったはずなのに……?」

月太はもう一度確かめようと、立ち上がり母の体をおそるおそる触った。だが、何度やっても、母の体を触ることはできなかった。

「ど……どうなってんだよ……」

すると、誰かが月太の肩を叩いた。月太が振り向くと、そこにはサングラスをかけ、黒い服を着た男が立っていた。男はしばらく月太をみつめて、にっこり笑った。男はどこからか花束を取り出して言った。

「おめでとーございます。あなたは二００三人目の死人でーす。はい、

これ」

　そう言うと、男は月太に菊の花束をプレゼントした。

「し、死人って……俺死んだの？」

　月太は男に尋ねた。

「はい。あちらに死体もございますし、死んだ人は生身の人間に触れませんので、あなたは、一〇〇％死人です」

　男の笑顔をよそに、月太はベッドのほうを見た。そこには、自分の体が横たわっていた。

「そ……そんな……うそだろ……？　こ……この俺が……いたって健康なこの俺が……」

　月太は目に涙を浮かばせた。だが、男は、

「あの、おとりこみ中すいませんが。時間もないですし、行きますよ」

　男の態度は軽かった。だが、月太はまだ自分が死んだことが信じられなかった。悪い夢を見ているのかと思い、頬をつねってみたが、やはり痛かった。月太はこれは夢でないとわかり、涙をぽろぽろ流した。そんな月太を心配する様子のない男は、月太の肩をポンッと叩いた。すると、月太と男の体は消えてしまった。そして、月太はどこなのか、わからないところに出てきた。だが、月太は泣いているだけで、移動したことにまったく、気づいていない。そればかりか、〝なんでこんなことになったんだ。なんで俺が死ななきゃいけないんだ。神様は不公平だ〟と思い、

「神様のバカヤロー」

月太は大声で叫んだ。すると、

「すいませんね。バカは生まれつきで」

月太はやっと、自分が違うところにいるのに気がついた。そして、月太の目の前には、たくさんの書類や本が積まれた机があった。声はそこから聞こえてくる。すると、本をかきわけるように手が出てきた。本をかきわけると金髪の長い髪の少年が出てきた。

「やっほー、こんにちはー。僕の名前は、吉本ハル香。これでも神様デース」

ハル香さんは笑いながら言った。月太は、呆然とした。

「新しい死人君だね、よろしくー。えーと、君の資料はどこだったっけ」

そう言うとハル香さんは、山のように積まれていた本の中から、一冊の本を取り出し、ペラペラめくった。

「あった、あった。えーっと好運月太、二十三歳、京都出身……えー」

ハル香の声に人が次々と出てきた。すると、さっきのサングラスの男も出てきた。

「どうなされたんですか？　ハル香様」

「つとむちゃん……」

ハル香さんは今にも泣きそうな顔をしていた。

「どうなされたんですか……」

「あのね、あのね、つとむちゃんこの人ね……彼女いない歴二十三年だってー。かわいそーだよね」

皆が呆然とした。たかがそんなことで驚いていたのか？

「さ……さようでございますか……。では失礼します。皆も仕事に戻れ」

つとむさんが言うと、周りの人はあきれた顔で戻って行った。

「ごめんねー。なんかザワザワしてて」

自分のせいだということに、まったく気づいていないハル香さんを見て、月太は、

「あの……神様、僕はなぜ死んだのでしょう……？　べつに病気でもないし……。事故にあったわけでもないのに……」

思いきって聞いてみた。なぜ自分が死んだのかわからないから……。すると、ハル香さんは、机の引出しを開けて大きな箱を取り出した。その箱には、『死人引出しBOX』と書かれていた。

「しにん……ひきだしBOX？」

月太が読み上げると、ハル香は威張りながら言った。

「えへへへ。これはね、その名のとおり『死人引出しBOX』って言って、僕が作っ

たんだよ。すごいでしょ？」

　よくわからない月太は、

「あのー、この箱と俺の死因、関係あるんですか？」

「大ありだよ。君はこの箱のおかげで死ねたんだよ。じつはさ、最近死人の数が減ってきて退屈してたんだよ。だからこの箱を作ったの。この箱の中には世界中の人の名前が書いてある紙が入っているんだ。それで、僕直々にこの中の紙を引いて、書いてあった名前の人を僕が殺すの。でも僕、人殺すの初めてだったから緊張してたんだよね。でも上手くいってよかった。だから君は僕が殺した第一号目。おめでとう✿」

　月太は頭の中がパニックになった。

「えっ……、じゃあ俺が死んだのは偶然なんですか？」

「いーや、偶然じゃないよ。運命だよ……」

　ハル香さんは笑いながら言った。だが、月太には何がなんだかわからなかった。神様っていったいなんなの？　人を平気で殺すの？　神様って正義の味方じゃないの？

正義の味方が人殺ししていいのかよ……。月太はそんなことを思っているとハル香さんは、

「そうだ……。君の行き先を決めなくちゃ……。どこがいいかな……？」

月太はそれを聞くと少しあせった。

〝行き先って、天国か地獄かってやつかな……？　そして今までしてきたことを思い返した。あぁそういえば十歳の時一〇円ガム欲しさにおふくろの財布から一〇円パチったっけ。それと、中一の時、体育の時間に担当の谷口先生の背中にバスケットボールを三回もわざと当てちゃったんだっけ……。あと、高二の時、偶然見つけた校長のヅラを、何も考えずにゴミ箱に捨てちゃったっけ……。あぁ、俺みたいな悪い奴はきっと地獄かな……〟

そんなくだらないことで地獄に行けるわけがないのに、月太は腹をくくった。

「うーん、よし。こんなときはこれだ！」

すると、今まで黙り込んでいたハル香さんは急に何か思いついた様子で、また下か

ら何か取り出した。

「じゃーん、名付けて『どこ行くんですか？　ルーレット』」

すると、月太の前にいろんな名前の書かれたルーレットが出された。そして、真ん中には『月太』と名前の彫られた銀色の玉があった。月太はそれを手に取った。

「このルーレットで、君の行き先を決めるからね」

「これ俺がするんですか？」

「そうだよ。あっ、ちょっと待って。コーラス隊カモン！」

ハル香さんが手を出して叫ぶと、ドアから筋肉モリモリの男が三人入ってきた。

「一、二、三！」

先頭の男が言うと、

「どこに行くかな？　どこに行くかなー？」

男達はリズムよく歌いながら、部屋からすばやく出て行った。

「ハイッ、どうぞ」

ハル香さんが言うと同時に、部屋の電気が消え、月太の上からスポットライトが当たり、月太を照らした。そして、どこからともなく、太鼓を叩く音がし、自動的にルーレットは回り始めた。月太はとにかく地獄にならないように念じながら、銀の玉を投げた。すると、ルーレットの回転は徐々に弱まったが、銀の玉は激しく回り、ついに止まった。月太はルーレットをのぞきこんだ。すると、パッと明かりが付き始め、ハル香さんはうれしそうな顔をして、月太に近づいてルーレットをのぞきこんだ。すると、

「いー、『ババ様の森』……。うそだろ……。あー、気を悪くしないでね……。でもこれも運命だから……」

月太は『ババ様の森』などと言われても、わかるわけがなかった。でも地獄よりましだと思った。

「ちょっとまってね。今、案内人呼ぶから……」

そう言うと、ハル香はルーレットを戸棚に戻し、ドアの横にあるレバーを縦にし、

思いっきり引っ張った。すると、

「うわー」

ドアをぶち破りながら、つとむさんが跳びながら出てきた。つとむさんは強く背中を打った。

「ごめんね、痛かったー？」

ハル香さんは心配そうに駆けつけた。つとむさんはなんとか立ち上がり、背中をそらし、ハル香さんに聞いた。

「お呼びですか……。神様……」

つとむさんは痛そうな顔で言った。

「あのさー、彼の行き先決まったから連れてってくれる？　これ月太君の書類、行き先の管理者に渡して。あと行き先は『ババ様の森』だから……。よろしくね」

ハル香さんが『ババ様の森』だと言うと、つとむさんは顔をゆがませた。

「『ババ様の森』って、神様、あそこは行き先リストに入ってないのでは？　それにあそこには誰も入るなとあの方が……」

つとむさんは、背中の痛さなど忘れたようにペラペラしゃべった。

「そんな怒った顔で言わないでよ。つとむちゃん、じつはこの前、『あの世行き先リスト特別会議』で、各地の管理者の人が、『もう一つ増やしてくれなくては、今月から大赤字だ』って怒るから、空いてるところそこしかなくて、しかたなく……」

ハル香さんは甘えた声で言った。そんなハル香さんの姿を見たつとむさんは、

「しかたありませんねー。でも、あの方はご存知なんですか、このこと？」

あきらめたように、書類を胸の内ポケットに入れながら言った。

「あ、まだだった。後で電話しとくよ」

「大丈夫なんですか。いきなりで……」

つとむさんが心配そうに言った。

「大丈夫だって、適当に言って、納得させるから」

「はぁ、大丈夫ですかね？　そんなんで……」

「大丈夫、大丈夫。それとも僕が信用出来ない？」

ハル香さんが上目使いでつとむさんを見上げると、つとむさんはあわてふためいた。

「い、いいえ。別にそういうわけでは……」

「そんなにあわてないでよ、やっぱりつとむちゃんはからかうとおもしろいな」

ハル香さんは笑いながら言った。

「それじゃ、彼をよろしく」

ハル香さんにそう言われると、つとむさんは月太に歩み寄った。

「あ、さっきはどうも……」

月太はお辞儀をしながら言った。つとむさんもお辞儀した。すると、つとむさんは月太を見て何かを思い出したように、月太の後ろに回った。すると、

「神様……月太殿に『例のもの』をまだ付けてないのでは……」

『例のもの』と言われ、ハル香さんはあわてふためいた。

「あ、ゴメン、ゴメン。すっかり忘れていた。今何時……」

ハル香さんは月太のところに駆けつけ、つとむさんに時間をたずねた。

「ただいまの時刻十時七分です」

「月太君が来た時間は？」

「九時十二分です。まだ一時間たっていません。早く」

つとむさんはハル香さんをせかした。

「わかっているよ、種を持ってきて」

ハル香さんが叫ぶと、一人の女の人がかごを持って出てきた。

「神様、この方はどのような種ですか？」

女の人はかごをハル香さんに渡しながら言った。月太はかごの中をのぞいた。かごの中にはいろいろな種が入っていた。

「そうだな月太君は、えっと……。あったこれだ！」

ハル香さんはかごの中に手を突っ込み引っかき回し、一つの種を取り出した。黄色い種だった。ハル香さんはかごを女の人に渡し、女の人はそのまま出ていった。

「月太君、ちょっと背中見せて」

そう言うと、ハル香さんは月太の後ろに回った。月太はしぶしぶ、服をめくりハル香さんに背中を見せた。

「少し痛いかもしれないけど、我慢してね」

そう言うと、ハル香さんはグイッと月太の背中を押さえ、黄色い種を背中に押し付けた。

「つとむちゃん『ハル香パウダー』ちょうだい」

片手で種を押し付けながら、ハル香さんはつとむさんに手をさしむけた。つとむさんはあわてて、戸棚から粉の入ったビンを取り出してきた。ラベルには『ハル香パウダー』と書いてあった。つとむさんはビンのふたを取ってハル香さんに渡した。ハル香さんはビンを受け取ると、種を押し付けている部分に、粉をパッパとかけた。すると、種が背中に入り、黄色い花がグゥンと、勢いよく咲いた。

「何分？」

ハル香さんがつとむさんにビンを渡しながら言った。つとむさんはビンを受け取りながら時計を見た。

「十時十一分五十七秒、ギリギリ間に合いました。早く、書類に書いてください。神様いつも忘れているから……」

つとむさんはビンを戸棚に入れながら、心配そうに言った。

「はーい、えっと……。あっ、書類はつとむちゃんが持ってるんじゃないか……」

つとむさんはしまった！　という顔で資料を胸の内ポケットから出し、急いでハル香さんの机の上に出した。ハル香さんは「コホン！」と咳をして机に座った。月太は少し笑った。

「えーと、ここに……。そしてここにハンコと、サインだな、えーと吉本ハル香」

ハル香さんは書き終わると、横にいるつとむさんに渡した。つとむさんは軽く礼をし、もう一度書類を胸の内ポケットに入れた。すると、ここにきてようやく月太が口を開いた。

ハル香の部屋☆
神堂つとむ
吉本 ハル香
好運月太
※男です
ハル香パウダー
花羽をつくるため使う。
花羽
空をとぶことができる
死人
引き出し
BOX
死人引き出しBOX
中は四次元になっている。
世界中の人の名前が書い
てある紙がはいってる
どこいくんですか？ルーレット
行き先を決めるルーレット

「あの……この花はなんですか？」

月太は、自分の背中についている花びらを引っぱりながら言った。

「えっ、それ？　それは君の『花羽』だよ。君の花は黄色か、けっこうマイペースなんだよね。ちなみに僕は青色でけっこうすばやいんだ」

「は？　いえそういうことではなくて、どういうものなのか……」

「え……あぁ、そういうことか……。簡単に言ったら君が飛ぶための道具さ。去年から僕が旧型の羽からこっちに変えたんだ。かわいいでしょー。それなのにつとむちゃんは……」

ハル香さんがブツブツ言うと、つとむさんは、

「私はあんなものを付けるんなら旧型の羽を付けているほうがましです。第一、ほとんどの人がそう言っていますよ。羽のことはもう一度、じっくり考えてくださいね。わかりましたか？」

つとむさんが、少しきつめの言い方をすると、ハル香さんは少し落ち込みながらう

なずいた。

「それでは行ってきます。月太さん、飛び方はわかりますか？」

つとむさんは月太に歩み寄りながら言った。月太は首を横に振った。

「そうですか……困りましたね。私は旧式の羽ですし……教えてあげることができない……」

それを聞くと、ハル香さんは喜んだような顔をして、

「じゃあ僕が……」

「神様、今から『地獄赤血ワイン製造中止会議』がありますよ。さっさと行ってきてください。神様のかわりに教えてくれる者、呼んどきますから……」

つとむさんはそう言うと、ハル香さんの背中を押し、ハル香さんを部屋から出て行かせた。ハル香さんは出て行く前に、月太に軽く手を振った。月太も軽く手を振り返した。ハル香さんを追い出した後、つとむさんはどこかに電話をかけはじめた。

「もしもし……つとむだけど……。新しい死人君に『花羽』の使い方を教えてくれな

い……？　うん……うん……わかった、それじゃ……。月太さん、じき教えてくれる者が来ますのでもう少し待ってください……」

つとむさんが言ったとたんに、〃バン〃という音とともにドアが吹っ飛んだ。月太とつとむさんは何事かと思い見てみると、いきなり、紫のモヒカン男が登場した。片耳には何十個ものピアスを付けて、サングラスをかけ、黒の革ジャンを着て、まるで暴走族のような格好だ。

「へろー」

男はつとむさんと月太に手を振りながら挨拶した。

「意外に早かったな……。それよりお前、そのドア直しとかないと神様に怒られるぞ……」

つとむさんが言うと男は、

「へーきやって。大丈夫、後で直しとくから。あ、そのボーヤが新しい死人？」

男はクネクネとした歩き方で、月太に近づいた。

「そうだよ、好運月太さんだ。すまないが飛び方を教えてくれないか……」

「オッケー。さてとツッキーだったっけ……。飛び方なんて簡単よ。まず、自分の『花羽』の左右に少し大きい花びらがあるでしょ。その花びらを二つともつかんで、思いっきり引っぱったら大きくなるから、そしたら自分の思いどおりに飛べるから。今やってみなさい」

そう言われた月太は、言われるままにしてみた。すると、羽がでかすぎ、重くてその場に倒れこんだ。

「お……重い。……助けて……」

月太はつとむさんに手を出して助けを求めた。つとむさんはあわてて月太の手を握り、立ち上がらせた。月太が立ち上がると、羽は元のサイズに戻った。

「あー重かった。死ぬかと思った」

月太が言うと、つとむさんが、

「もう死んでますよ……」

一瞬周りが静かになった……。この沈黙を破るように男が言った。

「い、今のは大きすぎよ。もうちょっと、軽くのばしたらいいから……さ、もう一回」

そう言われ、月太はもう一度試してみたら、今度はちょうどいい大きさになった。

「上手くいったわね。今度は羽に指示をおくるのよ……」

言われたとおり、月太は羽に指示をおくった。

「上がれ……上がれ……」

すると、月太の体は、みるみるうちに浮き上がった。

「あ……上がった、やったー」

喜んだのもつかの間、月太の体は床に叩きつけられた。

「いってー」

月太は激しく腰を打った。

「あ、だめよ、油断しちゃ。集中力が切れたら下に落ちちゃうから」

言うのが遅いよ、と思いながら月太は、打ちつけられた腰を押さえて立ち上がった。

「大丈夫ですか？　月太さん」

心配するつとむさんに月太はにっこりと笑った。そして何回かするうちに、月太はだんだん飛ぶことに慣れてきた。

「だいぶ慣れてきましたね」

つとむさんが言うと、月太はゆっくり下に下りた。

「あの、ありがとうございました」

月太はモヒカン男に礼を言った。

「別にいいのよ。私とツッキーの仲じゃない……」

モヒカン男が言うと、月太はあることに気がついた。

「あの、名前聞いてなかったんですけど……」

おそっ、みたいな……。

「あ、私の名前、私の名前はアーモンド・畳でーす」

あまりにも変わっているので、わかりやすかった。

「それじゃあ、出発するか……。畳、レバーを引いてくれないか？」

「下の名前で呼ぶんじゃねぇよ……」

アーモンドがキレた。アーモンドは下の名前で呼ばれると男になるのだ……。これには、つとむさんもたじたじだ。

「すまない……た……じゃなくてアーモンド、レバーを引いてくれないか？」

「オーケー。まかせて」

そう言うと、またいつものアーモンドに戻った。月太とつとむさんは思わず冷汗をかいてしまった。アーモンドは赤いレバーのあるところに、なよなよした歩き方で向かった。後ろから見たら信じられない光景だ（ご想像におまかせします）。

「それじゃあ、引くわよ。準備はいい？」

「ちょっとまってくれ。月太さん、羽（花びら）を引っぱる用意しといてください」

月太は言われたとおり、花びらをつかんだ。それを確認したつとむさんは、

「いいぞ」

「じゃいくわよ。三、二、一……」

〝バン〟。床が開いた。下には青い大空と豊かな雲が待っていた。二人は雲をつきぬけ、まっさかさまに落ちていった。

「いや～」

月太は泣きながら叫んだ。つとむさんはすばやく自分の羽根を出した。なんともきれいな普通の羽なんだ……。なんて言っている場合じゃない……。わが小説の主人公の月太は、

「あわわわわ、どうしよう……。そうだ、羽だ……。えい……」

月太は勢いよく引っぱった。

〝ブチ〟。変な音がしたので月太は手の平を見てみた。すると、手の中には、羽の一部分があった。月太があまりにも勢いをつけて引っぱったせいで、持っていた羽の部分がちぎれてしまったのだ。

「うそだ～。助けて～、死にたくない～（だからもう死んでるって……）」

作者につっこまれてる場合じゃないぞ、月太。月太の運命はいかに……。

二　ババ様の森？

「うわ〜。だずげて〜」

月太がまっさかさまに落ちていくのを見たつとむさんは、

「やばい……」

と言い、口笛を二回吹いた。月太はあと数百メートルで地面に撃突というところまで来ていた。もはや叫ぶのをやめ、一人で念仏を唱えた。と、そのとき、向こう側から何かが飛んでくるのが見えた。鳥のようなものだが、月太はそんなことよりも、念仏を唱えるほうが大切だった。そしてついに、地面まであと数十メートルのところまで来た、そのとき、月太の体がふわっと軽くなった。異変に気づいた月太は念仏を唱えるのをやめ、自分の足元を見た。すると、金色でフサフサした毛があった。

「なんだこれ?」

と、月太が言うと、

「早く下りんか、この大ボケ野郎」

と、下から声がしたので、月太はビックリして地面に落ちてしまったが、

「あれ痛くない……」

「あたりまえだ、もう地上なんだから……」

「えっ、地上……」

月太が下を見てみると、確かに地上だった。それにしてもこの声は誰だ？　と思った月太は上を見上げた。すると、

「ぎゃぁぁぁぁぁぁぁぁぁぁぁぁぁぁぁぁぁ」

月太の横には金色のライオンがいた。月太は食べられると思って、そそくさとあとずさりした。すると、ライオンが言った。

「うるせーな、ただでさえ二日酔いなのに。でかい……うえっ……ぷ……声出すんじゃねぇよ……」

ライオンは顔を青くし、前足で口を押さえた。すると、近くの草むらにしゃがみこみ、

「オエー、オエー」

と吐いた。すると、上のほうから、

「月太さん、大丈夫ですか？」

つとむさんは綺麗な羽をばたつかせて下りてきた。つとむさんが地面に足をつけようとした瞬間……、いきなり強風が吹いてきて、月太はその場でふんばったが、つとむさんは、

「あーれー」

と言いながら、強風にあおられ、どこかへ飛ばされてしまった。

月太が呆然と立っているとライオンが、

「た、大変だ、旦那がさらわれた……。オエー……。うぷっ……。や……、野郎ども旦那をお助けしろー」

ライオンが吐きながら言うと、どこからともなく別のライオンが次々と出てきた。

「どうしたんだ兄弟？」

全部で十一匹いる。その中の一匹のライオンが言った。

「どうしたもこうしたもねぇ、うえっぷ……。旦那がさらわれた」

「何、一体誰に……」

ライオンがライオンに聞くと、もう一匹のライオンがたずねた
「おい、なんだこいつは？」

すると、全員が月太をにらんだ。月太はあわて始めた。

「私はべつに、あやしい者では……」

月太があとずさりすると、ライオンたちはすかさず月太を囲んだ。

「あやしくないって言う奴が、一番あやしい……」

その中の一匹が言った。

「そうそう」

めがねをかけたライオンが言った。

「いや、そいつは違うぜ……」

二日酔いのライオンが言った。

「そいつは、旦那の連れだ。旦那は強風にあおられて、北北西のほうに飛ばされていった。野郎ども捜しにいけ」

ライオン達は掛け声を上げ、北北西に飛んでいった。……十分後、つとむさんはライオンにくわえられてもどってきた。

「いやー、まいった、まいった。強風にあおられてしまった。めんぼくない月太さん、お前達もすまない……」

そう言うと、つとむさんは月太とライオン達に頭を下げた。

「いや、べつにいいですよ。それより……」

月太は手招きして、つとむさんを木陰に連れて行き、ある質問をした。

「あの、ライオンはなんですか？」

月太が言うと、二人の後ろから、

「俺達のことか？」

二日酔いのライオンが、顔をにゅうっと突き出して言った。月太はビックリして冷や汗をかいた。

「あぁ、こいつらのことですか……。私のペットです。かわいいでしょう」

つとむさんはそう言うと、ライオンの頭をなでた。

「そうだ、一応紹介しときますね。まず、一匹目が、酒好きの〝夜露死苦《よろしく》〟。……あれ、お前ら、首輪はどうした？」

つとむさんが辺りを見回して言った。

「あぁ。それなら、はずかしいから、たてがみの中に隠した……」

ライオンは顔を赤らめて答えた。つとむさんはしかたなさそうに、ライオンのたてがみの中に手を突っ込んで探した。すると、たてがみの中から次から次へと酒ビンが出てきた。

「お前はどんだけ、酒を隠し持っているんだ。まったく、かんじんの首輪が全然出てこないじゃないか」

つとむさんは、たてがみの中を手でかき回した。すると、ようやく首輪がみつかった。まばゆいばかりの金色の首輪が、夜露死苦につけられた。

「まったく、世話をやかすんだから、しかたない奴だな。他の奴等もどうせたてがみの中だろ……。でも、一人じゃ大変だな……」

そう言うと、つとむさんは月太のほうをちらっと見た。そのとき月太は思った。

〝ヤバイ。あの目は助けを求めている目だ。でもライオンのたてがみの中に手を入れるなんてとてもじゃないけどできない……。どうしよう。ここは見て見ぬ振りをするか……〟すると、月太の頭の中に月太（天使ヴァージョン）が出てきた。

「何言っているんだよ。つとむさんとライオン達は、君が地面に叩きつけられるところを助けてくれたじゃないか」

すると、次は、月太（悪魔ヴァージョン）が出てきた。

「バーカ。なんで、自分を犠牲にしてまでそんなことしなくちゃいけねーんだよ。助けたのだって、あいつらが勝手にしたんじゃないか。あいつらが困ろうが俺は関係ないね」

すると、月太（天使ヴァージョン）が、

「何言ってるんだよ、一応命の恩人なんだよ」

「バーカ、もう死んでるんだから、恩人もくそもあるか、ボケ！」

この言葉に月太（天使ヴァージョン）がキレた。

「なんば、いよっとかー、われー、わしに口ごたえする気かー、正義の拳をくらうがいいわー」

な、何弁だー。月太（天使ヴァージョン）は拳を光らせ、月太（悪魔ヴァージョン）の頬を殴った。

「ぐぎゃぁぁぁぁぁぁぁぁぁぁぁぁぁ」

わけのわからん悲鳴を上げ、月太（悪魔ヴァージョン）が消えていった。

「さてと、邪魔者が消えました。やっぱり正義が勝つんです。さぁ、あなたは早くその人を救ってあげなさい。さもないとどうなんのか、わかっているんだろうな？」

月太（天使ヴァージョン）が声をころして言った。月太はしかたなく口を開いた。

「あの、手伝いましょうか……」

月太が言うと、つとむさんは嬉しそうに、

「いやー、悪いですね。そんなお願いしたわけでもないのに……」

月太は半分泣きかけだった。

「あのそれじゃ、私はこっちの四匹をやるので、月太さんはそっちの五匹をやってください」

そう言うと、つとむさんはすばやくもう一匹のライオンのたてがみの中に手を突っ込んだ。月太も急いで、おそるおそるたてがみの中に手を突っ込んだ。すると、何か紙のようなものがあった。月太はおそるおそる取り出した。

「ラ……ライオン……」

それは、なぜかセクシーなポーズをとったライオンの写真だった。

「あー、おれのキューピーちゃんの写真勝手に見るなー」

そう言うと、ライオンは顔を真っ赤にして、月太から写真をひったくった。

「あ……すいません……」

月太はなぜか丁寧語で謝り、もう一度手を入れると、今度は分厚い何かがあった。

月太がおそるおそる取り出すと、

「『月刊THE　LION』……」

それは、表紙に水着を着ているライオンが載っている本だ。

「だーもー、だから見るなって言ってるだろ。お前は首輪を探せばいいんだよ」

そう言うと、また月太から本をひったくった。

「すいません」

謝りながら、月太はもう一度手を入れ探すと、やっと首輪がみつかった。

「おう、ごくろうさん」

月太は一匹目にしてどっと疲れた。首輪には〝今煮血葉〟と書かれている。

「えっと……、〝いまにちは〟……？」

「ちがう〝こんにちは〟」

なんつう漢字と思いながら、月太は今煮血葉に首輪をつけてあげた。

「Ｔｈａｎｋ　ｙｏｕ」

そう言われると、月太は二匹目にとりかかった。次のライオンはなぜかなかなか見つからない……。月太はあちこち捜すと、

「Ｚｚｚｚ……」

どこからともなく、いびきが聞こえてきた。月太はいびきがするところにいってみたが、なかなか見つからない。すると、上からポタッポタッと月太の頭の上に何かが落ちてきた。月太は頭を触ってみると、それはヌルヌルとしたものだった。月太があわてて上を見上げると、そこには木の上でよだれをたらして寝ているライオンがいた。そのよだれは、月太の顔の上にポタッと落ちた。月太は急いで、頭と顔をハンカチで拭いた。

「今日絶対風呂に入ろ……」

月太はかたく決心した後、ライオンを起こすことにした。

「あ、あのー……」

まるで蚊が遠くで鳴いているような声だった。これでは聞こえるわけがない、月太はしかたなく、木に登りしぶしぶ起こすことにした。しかし、

「登れない……」

月太は木にしがみつき、泣きながらつぶやいた。そりゃ、小、中、高と体育がすべて、オール一の月太が木登りなんて、とてもとても……。月太は今、『ドラえもん』ののび太と同じ気持ちだった。月太の羽は壊れているので飛ぶこともできず、しかたなくつとむさんを呼びに行った。

「え……、木の上で寝ていて下りてこない……？」

つとむさんはすべて終わったらしく、木陰で『針山、地獄のドリアンジュース』を飲んでいた。というか、終わったんなら、やれよ……と思いつつ、月太は、

「そうなんですよ、どうしたらいいんでしょ……」

すると、つとむさんは、

「いいよ、いいよ。そいつは俺がやっとくから、月太さんは他の奴をやっといて……」

そう言うと、つとむさんは立ち上がり、飲みほしたジュースの缶を百メートル先のゴミ箱にものすごい豪速球で入れた。入った瞬間つとむさんは、

「よーし、ストライク！」

月太は唖然とした。そして、〝こ……こいつ人間じゃねぇ……〟、などと思っていると、つとむさんはあっという間に消えていた。月太も次のライオンにとりかかった。

「え……っと、まだやっていないライオンは……」

月太が捜していると、〝ピカー〟。うっ……なんだこのまぶしい光は……。

「ムヒヒヒヒヒヒヒ。輝け、輝けもっと輝けー。僕のメガネ達よー」

どこからか、あやしげな呪文が……。月太はようやく目がなれてき、じっと見つめていると一匹のライオンが何かしているように見えた。そこで、月太は声をかけた。

「あのー……、すいません」

月太の声に気がついたライオンは、

「あ……すいません……どうもどうも……」

奥からそのような声がすると、光がだんだん弱まってきた。光が完全に消えるとそこには、

「ムヒ、どうもー」

つとむさんと同じめがねをかけているライオンがいた。

「あ、どうぞどうぞ。気にせず……そうだ……」

そう言うと、ライオンはたてがみの中から、座布団と電気ポットときゅうすと湯飲みを二つ出し、何故か正座した。月太もつられて正座した（なんでやねん）。

「これは、どうもどうも……。お気づかいなく」

というか、よくたてがみの中に座布団とか入ってたな。そう思いながら、月太はお茶をすすった（意外にうまい）。

「あのー、ところでですね。たてがみの中の首輪を取らせて頂きたいんですが……」

月太が意を決して言った。すると、ライオンは、

「ん、僕は最初からしているよ……」

そう言うと、首につけている首輪を見せた。早く言えよと思いながら、月太はつぶやいた。

「えっと、名前は……。なんて読むんだ……？」

そこには〝惨倶羅須〟と書いてあった（あなたは読めるかな？）。

「もー、こんなのも読めないの？　〝サングラス〟だよ」

あっ、なるほど……って、読めるかー、と思いつつ、月太は次の一匹を捜そうとしたが、月太が惨倶羅須と茶を飲んでいる間に、つとむさんが全部終わらせていた。

「いやー、月太さんありがとうございます。助かりましたよ」

つとむさんは月太に頭を下げた。

「いや、その、全然役に立てなくてすいません」

「別にいいですよ……。結構助かりましたし……。そうだ、一応私のライオンを全員紹介しますね。おーい、集まれー」

つとむさんが声をかけると、一斉にバラバラになったライオンが一列に並んだ。

「よし、点呼確認！」

つとむさんが言うと、先頭のライオンから、

「一！」

「二！」

「三！」

「四！」

「五！」

「六！」

「七！」

「八！」

「九！」

「十！」

「……」

「あれ次は誰だ？　全部で十一のはずだぞ！」

つとむさんが厳しく言うと、

「死四兎油《しょうゆ》がいません」

一番先頭のライオンが言った。

「また、あいつか。どうせどっかで昼寝でもしているんだろう……。今煮血葉、捜しに行って連れて来てくれ」

つとむさんが言うと今煮血葉は口応えした。

「えー今、『月刊THE　LION』見ているのに……」

今煮血葉が持っていたのは、月太がたてがみの中から間違えて取り出してしまった本だった。

「いいから、すぐ行く！」

つとむさんが言うと、今煮血葉は本をたてがみの中に入れ、しぶしぶ死四兎油を捜しに行った。

……十分後……。

「ふえー、やっと見つけたー」

今煮血葉は、まだ寝ている死四兎油を背中に乗せて帰ってきた。寝ているライオンはさっき月太の上によだれを落とした奴だ。

「やっと、見つかったか、というかまだ寝ているのか。しょうがないな……」

そう言うとつとむさんは、ポケットからゴソゴソと何かを取り出した。赤い鈴と青い鈴、そして黄色の鈴だ。

「なんですかそれ?」

月太が興味しんしんに聞いた。

「これ?　これはね、僕がこいつの寝起きに悩んでたときに神様が作ってくれたんですよ。この鈴のどれかを鳴らすと、寝ているライオンにある夢を見させることができるんです」

「どんな夢ですか?」

「まず、赤は怖ーい夢。ライオンは大抵怖い夢を見ると起きるんで……。僕は大体これを使って起こします。次に青い鈴。これは悲しい夢を見さすんですよ。最後は黄色。これは、幸せな夢を見させてくれるんですよ。えっと今日はどれにしようかな……?」

つとむさんはどれにするか悩んでいる。

「あの、それ人間にも使えるんですか?」

月太が聞くと、つとむさんは少し黙りこくった。

「う……うん、まあね。そうだ、月太さん鳴らしてみます?」

つとむさんが言うと、月太は待ってましたとばかりに鈴を握った。月太は迷わず赤い鈴を取った。

「よーし……」

〝チリンチリン〟。静かに鈴を鳴らした。

ここから先は死四兎油の夢の中です。どうぞ。

「ふぁぁ、あれ、オイラまた寝ちゃったのか……。ところでここはどこだ……」

そこは真っ白な空間だった。死四兎油はあくびをしたあと、また寝た。すると、

〝ゴゴゴゴゴ〟と無気味な音が、死四兎油の右背後から聞こえてきた。死四兎油は起き上がり、音のするほうを見てみると、周りはいきなり大海原に変わり、死四兎油のいるところは一つの離れ小島になり、そして海は嵐になり、容赦なく津波が死四兎油を襲った。

「ぎやぁぁぁぁぁぁぁぁぁぁぁぁぁぁぁぁぁぁぁぁぁぁぁぁ」

死四兎油はもだえ苦しみながら、起き上がった。

「あれ、ここは……あっそうか、夢だったんだ。よかった」

死四兎油はホッと一安心した。

「よかったじゃないだろ。まったくお前は、ところかまわず寝てしまうんだから。気をつけろよ」

つとむさんが怒ると、死四兎油は聞き飽きたような顔で、

「ハイハイ。わかりましたよ」

死四兎油は立ち上がり、列の一番後ろに行った。つとむさんはそれを確認すると、大声を出した。

「よし、もう一度点呼だ」

「一！」

「二！」

「三！」

「四！」

「五！」

「六！」

「七！」

「八！」

「九！」

「十！」

「……十一……」

最後は、しまりのなさそうな声で終わった。

「よし、一番から自己紹介」

「おっす、一番、夜露死苦っす。好きな物は酒！」

夜露四苦が言うと、二番目のライオンが一歩前に出てきて、

「二番、今煮血葉。好きな物は……お・ん・な✿」

でた！　わけのわからん本を読んでた奴だ。

「三番、露墓津斗《ろぼっと》。好きな物はお菓子でーす」

ちょっとコギャル風のライオンだ。たてがみには花飾りがしてあった。

「四番、吐露《とろ》。好きな物はこたつだよー。今の時期には欠かせないよね。えっ、夏はどうするかって？　人生の春がきたら考えてみるよ」

いや、暑苦しいよ……。

「五番、不留兎津《ふるうつ》。好きな物は子供。将来の夢はライオン保育園の保母さんになるの……♡」

おとなしいライオンだが、ライオン保育園って何？

「六番、墓苦吐兎《ぼくとう》。好きな物は日曜大工やー。なんでも直しまっせー。作りまっせー」

日曜大工って、日曜日にしか活動しないの？

「七番、吐吐露《ととろ》。好きな物は音楽。好きな歌手は〝ライオンズ〟よろしくー」

つとむさん、実はジブリファン……？（ちなみに作者の好きな歌手は〝キンキ・キッズ〟でーす。覚えといてね）

「八番、満誤尾《マンゴー》、好きな物はやっぱメールっしょ」

あの世にも携帯があるなんて。ちなみに機種は？

「九番、犯津《パンツ》。みんなの洗濯物を洗うのが大好きです」

いくら洗濯好きと言っても、その名前はねーだろー。

「十番、ムヒヒヒヒヒヒヒヒ、惨倶羅須だよーん。好きなことは、僕の愛用のメガネを拭くこと。ムヒヒヒヒヒヒヒヒヒヒヒヒヒヒヒヒヒヒヒヒヒヒヒヒ」

完全にオタクだよ、これー。

「ふぁぁぁぁ……十一番、死四兎油。好きなことは昼寝……」

寝すぎだよ。以上で作者のツッコミを終わります。またちょくちょくするから楽しみにしといてください。

「月太さん覚えてくれましたか？　と言っても早すぎますね」

つとむさんが笑いながら言うと、

「いや、ちょっとずつ覚えます。あの……この鈴……」

死四兎油に見えないように、月太はこっそりつとむさんに返した。つとむさんはそれをいそいそとポケットに入れた。

「すいません……」

つとむさんが謝ると、

「あ……いいんですよ。あの、それより、俺の行き先行かなくていいんですか？」

月太が言うと、つとむさんは顔を真っ青にして、

「わ……忘れてたー」

と大声を張り上げた。

「や、やばい早く行かなくちゃ。でも月太さんの羽じゃ飛べないから、お前達誰か、月太さんを背中に乗せてあげろ」

つとむさんが言うと、

「えー」

全員が声をそろえて言った。すると、つとむさんが、

「やれ……」

指をボキボキならし、声を殺して言った。このとき作者は（キャラ変わっちゃったよー）パニクってた。同時にライオンもパニクってた。しかたなく、誰が乗せるかはあみだくじで決めた。乗せることに決まったのは惨倶羅須だ。惨倶羅須はしぶしぶ月太を乗せることにした。つとむさんはすばやく羽を広げた。ライオン達も飛ぶために

何か力をためている。すると、たてがみがエリマキトカゲのように広がり（たてがみの中の物はライオンお手製のかばんに入れて、しっぽにくくりつけた）、くるくると回転し始めた。だが、これには一つ問題があった。何かというと……。後ろ向きに進むということだ。だからライオンはいつも後ろ向きに進んでいるのです。

「ようし、それじゃあ、月太さんを乗せて行くぞ」

「おーう」

掛け声と共に、全員いっせいに浮き上がりはじめた。月太はバランスを崩しそうになったが、なんとか持ちこたえた。つとむさんが全速力で飛んでいくと、ライオン達も急いで後を追った。かれこれ二十分ぐらい飛んだころ、突然つとむさんが止まった。ライオン達も急いで、急ブレーキをかけた。

「ど……どうしたんですか、いきなり？」

月太があわてて言うと、

「また、あいつらか……。すいません。ちょっと違反者がいたもんで……。少し注意してもいいですか?」

つとむさんが、申し訳なさそうな顔で言った。月太は、別にいいよ、みたいな感じで首を縦に振った。

「じゃぁ一緒に下りますか?」

そう言うと、つとむさんは月太をおぶった。

「それじゃ、お前達はここで待っていてくれ。死四兎油、くれぐれも寝るなよ……」

つとむさんが言うと、ライオン達はシャキーンと背筋を伸ばして、止まった。

「それじゃあ、月太さん行きますよ」

つとむさんは猛スピードで、下に下りた。下に着くとそこは『ドロドロ村』だった。

月太達の目の前には、『ドーソンコンビニ二十四時間営業』という建物があった。なんだか『ローソン』に似てるなぁ、と月太は思った。そして、コンビニの前でたむろってる女子校生が三人いた。

女子校生はタバコをプカプカ吸いながら、『ドロドロ村』名物、刺し柿を食べていた。つとむさんは、月太を降ろすと、女子高生のほうにつかつかと歩いて行った。

「こら、お前達！」

つとむさんが来ると、女子高生はヤバイと思ったのか、タバコを消した。

「何度、言えばわかるんだ。未成年者のくせにタバコなんか吸うな！」

つとむさんが言うと、

「あーら、うちらが吸ってたという証拠でもあんの？」

真ん中にいるショートヘアーの女の子が言った。

「そーだよ、うちらはただ刺し柿食ってただけだよ。これがタバコに見えますか？」

続いて、左のロングヘアーがふざけた顔で言った。

「何言ってるんだ。現にそこにお前達の吸っていた吸殻があるじゃないか」

つとむさんは、落ちている吸殻を指差して言った。

すると、右側のおさげの女の子が、

「あっ、これ、これうちらのじゃなくて、さっきまでここにいた人の吸殻。うちらのじゃないんだよ。おわかり？　お・じ・さ・ま」

そう言うと、三人はゲラゲラ笑った。

「何言ってるんだ。お前達がタバコを吸っているところ、ちゃんと見たんだぞ」

「それじゃあテメーの他に誰か見たのかよ、うちらがタバコ吸ってるところ」

「もちろんいるとも。ねぇ、月太さん見ましたよね？」

つとむさんが聞くと、月太はいきなりこっちにふらないで……という顔で、

「え……。あ、はい……」

月太が言うと、女の子は怒鳴った。

「テメェー、いいかげんなこと言ってんじゃねーぞ」

月太はびくついて、つとむさんの後ろに隠れた。

「あらあら、びびっちゃった。ごめんね、ぼくちゃん」

またもや月太は馬鹿にされた。まったく女子高生にまで馬鹿にされるなんてなさけない……。

「黙りなさい……。ほら『死人免許証』出して……」

つとむさんが手を差し出すと、女の子はしぶしぶカバンから定期入れのような物を取り出し、つとむさんに渡した。つとむさんは三人の定期入れの中から、免許証らしき物を取り、ポケットの中に手を入れペンライトのような物を取り出した。ペンライトの明かりを付けて、一枚の免許証に当てると、

「……残り二十グール……残り二十グール……。気をつけてください……」

ペンライトから声が聞こえてきた。残りの二枚も同じような声がした。

「ほら……。また吸ってみろ、今度は取り上げだからな」

つとむさんが免許証を返すと、女の子はひったくった。

「よけいなお世話だよ……。ねぇ、今思ったんだけどそいつ誰？　この村では見かけないけど……？」

女の子が言うと、つとむさんはコホンと咳をして、

「この方はハル香様のお考えなさった『死人引出しＢＯＸ』で見事死亡した、好運月

太さんだ」

なぜか、いばりながら言うつとむさんに、女の子は呆然とした。すると、クスクス笑いだした。

「あははははははは、あれマジだったんだ。かなりおかしいー」

「しかも全然いばって言うことじゃないよね」

「しかし、あんなのに当たるなんてチョーついてないよね……」

「しかも、〝好運月太〟って名前からして、ついてねーよ。こいつ」

月太はかなりむなしかった。なんなんだ、このむなしさは……。

「あの、そんなに笑わないでください……」

月太が言うと、女の子はますます笑った。

「あははは、年下に敬語使ってるよ。バカじゃねぇーの」

女の子はおなかを抱えながら、笑いまくった。月太は微妙に怒ったが、その場はなんとか落ち着いた。

「こら、失礼だぞ……」

つとむさんが怒ると、女の子達はようやく笑うのをやめた。

「あー、おもしろかった……。んで、そのチョーついてない君はどこに行くの？」

女の子が聞くと、

「あんまり聞かんほうがいいぞ」

つとむさんが言うと、

「えぇ、なんで。遊びに行きたいのに……。その人おもしろそうだし……」

またクスクス笑いながら言った。

「ふぅ、本当に遊びに行きたいんだな？」

「しつけーな」

「『ババ様の森』……」

つとむさんが言うと、女の子達は顔を青くした。

「ん？　どうした？　顔青くして。まさか怖いの？」

つとむさんがいじわるそうに言うと、女の子は、

「じょ……冗談じゃないわよ。誰が怖いですって……ふん、遊びに行ってやるよ……」

冷や汗をかきながら言った。そんなに怖いところなのか？

「じゃ、うちらはこれで……」

女の子は食べかけの刺し柿をゴミ箱に入れて立ち上がった。すると、月太が、

「あの……俺、君達の名前まだ聞いてなかったんだけど……」

ぼそりと言うと、女の子達は、待ってましたとばかりに、急に明るくなった。

「ふん、うちらの名前かい。そんなに聞きたければ教えてやるよ」

嫌味ったらしく言うと、まず、おさげの女の子が前に出た。

「うちの名前はエルメス」

次にロングの女の子が、

「あたしはプラダ」

「そして、あたいがヴィトン……。三人あわせて」

「ブランド三人娘」

変な名前……。たぶん月太は思っただろう。なんか、かしまし娘みたい……。

「覚えとけよ」

そう言うと、女の子達は背中から『花羽』を出し、飛んでいった。三人が見えなくなるまで見送ると、つとむさんが、

「じゃあ、私達も行きましょ。だいぶおくれているので、猛スピードで行かなくちゃ」

月太はすばやく、つとむさんの背中におぶさり上に上がった。

「おまたせー惨倶羅須。みんな……はいパス」

そう言うと、背中に背負っている月太を惨倶羅須に渡すと、

「猛スピードで行くぞ」

そう言った瞬間、つとむさんは消えた。かなりのスピードだ。ライオン達も急いで後を追う。

「おい、にーちゃん、しっかりつかまっとけよ」

〝ひそかにある
美しいおばあさまの森
入っちゃ・だ・め・よ

By 吉本マル香〟

惨倶羅須は月太の返事を聞かずに、ものすごいスピードで進んだ。月太はまるで竜巻の中にいるような気持ちだった。しかし、後ろ向きに進んでいるので、シャツがめくれ髪はさか立ち、もう大変だった。すると、スピードがだんだん弱まってきて、月太はいそいでめくれたシャツを直し、髪を元どおりに戻した。

月太は目的地に着いたのかと思い、後ろをふり向くと、大きな森にさらに大きな看板があった。看板は目が痛いほどチカチカ光り、その真ん中に乙女チックな字で何か書いてあった。

全然ひそかじゃねー、というか気色悪い……。鳥肌立ってきたわ……。月太がそんなことを思っているところ下から声がしてきた。

「月太さーん。こっちでーすよ」

月太が下を見ると、つとむさんとほかのライオン達が待っていた。月太と惨倶羅須はゆっくり下に下りた。下につくと惨倶羅須のたてがみは元通りになった。月太は急いで降りると、つとむさんがニコニコしてこちらに向かってきた。

「月太さんおつかれさまでした。ここがあなたの行き先ですよ。ここからは飛んで行けないので歩いていきましょう。ささ、こちらです。お前達はここで待っていろ」

つとむさんは、月太の腕をつかみ森の中に連れて行った。ライオン達はつとむさんに言われたとおり、整列しておとなしく座った。森の中は外と違い、木が繁って暗かった。周りからは不気味な物音や、鳴き声がしてきた。月太はなるべく気持ちをまぎらわそうとし、つとむさんに話しかけた。

「あの……、つとむさん」

「なんですか？」

「さっき、ヴィトンちゃん達に『死人免許証』とか言ってましたけど、あれなんですか？」

「あぁ、あれですか……。あれは死んだ人は必ず持つものですよ。月太さんのも後で作って持ってきますから。あれを持っとかないと、周りから死人と認めてもらえないんですよ。あと、悪いことや法律に違反したときは、カードの残りグールを減らしていき、最初は一〇〇なんですけど、それが〇になると一日中『針手袋』と『針靴』をつけられるんです」

「そうですか……。でもよかった。僕、地獄には絶対行きたくなかったんですよ」

「ハハ、大丈夫ですよ。それは絶対ありえませんから」

「え、どうしてですか？」

「実は地獄には閻魔《えんま》様がいるんですけど……。その人の娘のクリスティーヌ・薫様という方がいまして、ちょうどハル香様と同じ日に生まれたんですよ。あのころは二人ともわんぱくで……」

「あの、そうじゃなくて……」

「あ……すいません。実は昨日、二人が喧嘩して。そしたらハル香様が『地獄には死人を絶対わけてやるものか』って言って。だから意地でも死人は地獄には行けないんですよ。まぁ、何日かたてばきげんも直り元にもどると思います」

つとむさんは言い終わると、急に立ち止まった。月太はつとむさんの背中に顔をぶつけた。月太はぶつけた鼻を押さえながら、

「どうしたんですか？」

と、聞くと、つとむさんは道の真ん中を指差した。月太が指の差している方向を見ると、人が倒れているではないか。月太は見た瞬間、思わずつぶやいた。

「し……死んでる……（あの世で死ねるか！）」

「違いますよ……」

そう言い、つとむさんは倒れている人にゆっくり近づいた。月太も怖くなって、つとむさんの背中にくっついた。つとむさんが倒れている人のそばに行くと、いきなり、

倒れている人の手が、つとむさんの足をつかんだ。すると、なぜか月太がビックリした。

「う……動いた……」

月太が指差して言うと、

「あたりまえでしょう、生きてるんだから」

すると、倒れた人がいきなり立ち上がりながら言った。倒れていた人はなんと女の子だ。髪はショートカットで目がパッチリしている子だった。女の子は体についている砂をはらうと、つとむさんに近づいた。すると、

「つーとーむーちゃーん」

いきなり女の子が抱きついてきた。つとむさんは少しよろめいた。

「あの、ちょっと……。やめてください……」

そう言うと、つとむさんは女の子の体を押し返した。女の子は押し返されると、頬をめいっぱいふくらませた。

「ぶー、つとむちゃんのケチ！」

女の子はプイッとそっぽを向くと、つとむさんはあわてて、

「す……すいません」

と、謝ると、女の子は笑いながら、つとむさんの方に顔を向けた。

「フフ、やっぱりつとむちゃんをからかうのは面白い。だから、つとむちゃんだーい好き」

女の子が言うと、つとむさんは顔を赤くした。

「ところで、つとむちゃん、その人誰？」

女の子が聞くと、つとむさんは答えた。

「あぁ、彼は新しい死人ですよ。月太さん、こちらさっき話していたクリスティーヌ・薫様です」

「はじめまして、好運月太です」

「はじめまして。つとむちゃんの未来の妻になる、クリスティーヌ・薫です（ウソ）」

「薫様、誤解されるようなこと言わないでください……」

つとむさんが顔を赤くして言うと、薫さんはまた、笑った。

「それで、なんでこんなところにいるの？」

「ここが彼の行き先なんですよ」

つとむさんが言うと、薫さんは口をあんぐり開け、

「えぇうっそー、なんでよりによってこんなところなの……」

薫さんが、月太をあわれむような目で見つめた。

「ねー、こんなところじゃなくて、私と一緒に地獄に行かない？　こんなところより数倍ましよ」

薫さんが月太に近づきながら言うと、

「だめですよ。もう決まったんですから」

つとむさんのきつい言葉に、薫さんはションボリとぼとぼ歩きだした。

「ところで、薫様はどうしてここに？」

つとむさんが申し訳なさそうに聞いた。

「おばあ様に呼ばれたの。なんでも、してほしいことがあるんだって」

「してほしいこと？　一体なんでしょうね」

つとむさんが頭をかかえこむと、薫さんがいきなり立ち止まった。

「どうしたんですか？」

つとむさんが薫さんにぶつかったあとに聞いた。

「どうしたって、着いたわよ。おばあ様の家に」

二人は周りを見回したが、家らしきものは何もなかった。

「家なんてないじゃないか」

月太が言うと、薫さんは、

「何言ってんのよ、あるじゃない。ほら、あそこに……」

一本の杉の木の枝を指差した。二人が見上げると、不思議なことに杉の木にリンゴが実っているではないか……。それもただのリンゴではなく黒いリンゴが……。

三　ピンクレッドブルーアップルの実

「なんで、杉の木に黒いリンゴが……」

月太が言うと、薫さんは、

「ただのリンゴじゃなくてよ……」

そう言うと、思いっきり息を吸い込んで……。

「おばあ様ー、薫がきましたよー」

森中に薫さんの声が響きわたった。森に住んでる動物や鳥達はビックリして、どこかに行ってしまった。すると、

「そんな、でかい声出さなくても聞こえている。ふん、案内人と新人も一緒か……。まあいいが……。とにかく部屋に上がれ、そこでやかましくされちゃ困るからな」

どこからともなく、声が聞こえてきた。

「はーい、おばあ様」

薫さんは大きな声で返事をすると、ポケットから『入口カキカキクレパス』と書いてある箱を取り出し、その中から黒いクレパスを取り出した。そして、名前を書くと

ころに『おばあ様の家』と書いた。すると、月太が、

「あの、今の声はどこから……」

「ん、今の声、あのリンゴから……」

薫さんは黒いクレパスで、地面に大きなリンゴの絵を描きながら言った。

「あの、何しているんですか?」

つとむさんが聞くと、

「やだ、つとむちゃん、入口を書いてるに決まってるじゃない」

薫さんは笑いながら言った。しかし、入口とはどういうことだ? 月太は不思議そうに思い首をかしげた。つとむさんもまた、首をかしげた。

「さてと……。できた」

薫さんは、ゆっくり立ち上がりながら言った。薫さんの足元には大きな黒いリンゴが描いてあった。すると、月太が、

「あの、そのクレパスなんですか?」

「ん？　これ、これはね、昔、ちょーむかつくハル香からもらったやつなんだ。まぁ、いろいろ役に立っているけど……」

ここで薫さんに代わり私、作者が説明しましょう。この『入口カキカキクレパス』はどこにでも書けるすぐれものなのです。これは、どこかの家に一瞬で行きたいと思ったときに使う物なのです。今回の場合のように、入口がない場合も可能です。それでは使い方を説明しましょう。使い方は簡単。まず、使いたいクレパスの名前を書く部分に行きたいところを書き、そのクレパスで行きたいところの絵をどこにでもいいから書く、そして、その絵の上に立つと……。

「目的地に一瞬で行けるというわけよ（作者が説明している間に、薫さんも月太達に説明していた）」

二人が納得した様子を見ると、薫さんは月太の後ろに回りこみ背中を押した。

「さ、最初はあなたよ。行ってきて、恐くないから。大丈夫」

月太は背中を押され、こけそうになりながら、黒いリンゴの絵の上に立った。すると、体が一瞬軽くなり、気がついたらそこは森ではなかった。周りの床や壁や天井はクリーム色で、真ん中には針のように細い棒にロウソクが一本立っていた。月太が奥に進むと、声がした。

「人の家に入るんだったら、靴ぐらい脱ぎな、このボケナス」

月太は、誰だ？　と思い、辺りを見回した。すると、月太の目の前にいきなり、黒い髪をした女の子が現れた。女の子は月太の靴を指差すと言った。

「早く脱げ」

月太はあわてて靴を脱いだ。

「お前が、新入りか……」

女の子がそれを確認すると同時に、つとむさんと薫さんが現れた。もちろん靴を脱いで。

「ごめん月太君。靴脱ぐこと言うの忘れてた……」

女の子を見たとたん、薫さんは黙り込んだ。

「まったく、どいつもこいつも礼儀知らずな奴ばかりだな」

女の子は怒りながら、プイッと背を向けた。

「申し訳ございません」

つとむさんは、深々と頭を下げた。

「礼儀知らずなのは謝りますが、この方（月太）の手続きの方を……」

つとむさんが言うと、また怒った顔で、

「ふん。ハル香から聞いてたが、私は反対だ。そんな奴、今すぐほかの場所へ連れて行け！」

と、女の子が言うと、つとむさんはムッとした顔で反論した。

「それは困ります。もう決まったことです。あなたも、元神様なら……」

「だまらんか！」

女の子は部屋中に響きわたるような声で怒鳴った。しかし、この子が元神様とはどういうことだろう？　と、月太は思った。

「すいません」

つとむさんもさすがに謝った。つとむさんの顔をうかがうと、女の子は月太の顔をチラッと見た。

「ふん、確かに今からでは、ほかのところには替えられないな……。しかし私は、ここにおく気はない。そこで、ゲームをしよう。もしお前らが勝てたら、そいつをここに五年間おいてやる。だが、私が勝てばそいつを追い出すと同時に、ハル香に神を辞めさせる」

それを聞いた瞬間、三人はビックリ。これはかなりのピンチ、ハル香さんが神様を辞めれば、この小説は終わってしまいます。どうする月太――。

「ちょ、ちょっとまってください。どうして……」

つとむさんは汗をかきながら言った。むりもない。ハル香さんが神様を辞めれば、天界と地上をふさぐ壁がとけてしまい、地上が大変なことになってしまうからなのだ……。

「最近、あいつはたるんどる……。この少年が死んだ原因もあいつらしいではないか……。そんな奴は神にはむいていない」

「し……しかし、あの方が今辞めると、大変なことに……」

「新しい神ができるまで、私が代理をする。これで文句はなかろう。それに、お前らが勝てばすむことだ。やるのか？　やらんのか？」

女の子は月太を問いただした。すると、月太は腹をくくった顔をして言った。

「わかりました。僕、やります」

「つ、月太さん」

つとむさんが不安そうに言うと、

「大丈夫ですよ。それに、僕がやらなきゃ、不戦勝で、この人の勝ちになっちゃうし、僕もここに住まなきゃならないんでしょ。だったら、なおさら……」

月太は笑いながら言った。

「では、やるんだな……？」

女の子がもう一度聞くと……。

「はい」

「よし、それじゃ……、どうしようかな……。なんで決めるか……」

女の子は考え込みながら、人さし指を立てた。そして、その人さし指を思いっきり、振ると……。指から茶色い糸状の物が出て、くるくると、円を描き始めた。すると、次第にテーブルができてきた。女の子は完成すると、糸を指で切った。すると、次はピンク色の糸が出てきた。それは、みるみる箱のようなものになった。そしてもう片方の手の人さし指で、黒い糸を出し、字を書き始めた。字を書き始めたころには、箱は完成していた。真ん中には穴が開いていて、まるでくじ引きの箱のような感じだ。

そして文字を書き終わると、糸を指で切った。その箱には『ゲームつめつめBOX』と書かれていた。

「こ……これは？」

「この箱の中にはゲーム名を書いた紙がたくさんある。それを君がどれか一つ引く。

〝今からこの森の奥に
住んでいる、リンゴ作りの男に
会いに行き、幻の
ピンクレッドブルーアップルを
もらってくること〟

引いたゲームで勝負をするってわけだ」

やっぱり、ハル香と似ているなーと、心底思った月太だった。

「わかったか？」

女の子に聞かれると、月太は首を縦に振った。

「よーし、じゃあ引け！」

女の子はそう言うと、箱を手にとって、月太に差し向けた。月太はおそるおそる箱の中に手を入れ、箱の中をかき回し、一枚の紙をつかみ出した。

月太はそれを、両手で広げた。そこには、こう書かれていた。


ピンクレッドブルーアップル？ なんか中途半端な名前だなぁと月太は思った。女の子もその紙

丸香の部屋〜♡
吉本丸香
完全無
クリスティーヌ・薫
ピアス
なぞキャラ続出！
ういてる!?

を見た。すると、勝ち誇ったような顔で、

「へー、それ引いたんや、かわいそうに。こんな一番難しいの引いて……」

女の子が言うと、最初、三人は冗談か？　と思ったが、女の子の表情を見ると、冗談でないことを感じた。月太はもう一度引き直したい気分だった。

「どうするやめる？　今からだったらやめてもいいけど、君が今やめたらハル香はおろか、君も居場所をなくすよ。どうする……？」

月太はこれを聞いた瞬間、紙を手で握りつぶした。

「やめるなんて、冗談じゃないですよ。やります」

月太は自分の運の悪さを恨んだ。だが同時に、やってやるという闘志が出てきた。

「それじゃあ、今から二十四時間、君が二十四時間以内に、ピンクレッドブルーアップルを持ってきたら君の勝ちだけど、もしタイムオーバーだったり、持ってこれなかったら、君の負け。いいね」

月太はコクッと首を縦に振った。

「それじゃあ、スタート」

女の子が言うと同時に、月太は後ろを振り返り走った。すると、後ろにはすでに入口を描いている薫さんがいた。月太は急いで、入口に立った。

「がんばってね」

薫さんが言うと同時に月太は消えた。消えた月太は、さっきの森に戻ってきた。月太は恐いのを必死に我慢し、早歩きで森の奥に進んだ。しかし、だんだん森の静かさを不気味に感じて、月太は足を止めた。

「めっちゃ、こわい……」

月太はそう言うと、動けなくなった。すると、右側の草むらから、何やらガサゴソと物音がするではないか……。月太は体を道の左側に寄せた。草むらは最初はもぞもぞ動いていたが、しだいに激しく動いた。月太はほとんど、涙目になっている。

月太は勇気を出して、

「だ……誰かいるのか？」

草むらに向かって大きな声で言った。月太が大声を出すと、草むらは動かなくなった。月太は少し安心して、そーっと右側の草むらをのぞいた。すると、

「ウガガガガガガ」

草むらの中から、熊が出てきたではないか……。

「く……熊が出たー。助けてー」

月太は大声で叫ぶと、パニックになり、森の奥にダッシュで進んだ。熊は月太が森の奥に進むのを見ている。

「ふぅ、熱いなぁ」

熊は聞きなれた声で言った。すると、熊は自分の首を持ち、取ったではないか……。すると、熊の首からつとむさんの顔が出てきた。草むらの中から薫さんも出てきた。

「大丈夫？　つとむちゃん……」

薫さんが心配そうにつとむさんに尋ねると、

「いや、私は大丈夫ですけど、月太さんが……。あの人、案外恐がりだから、またど

こかで恐くて動けなくなるんじゃないかな。まぁ、それが心配で来たんだけど……」

つとむさんが、なんでこのような格好をしているのか説明しましょう。月太が出かけた後、つとむさんと薫さんは月太のことが心配になり、

「ちょっと心配なんで見てきてもいいですよね」

と、つとむさんが聞くと、女の子は、

「私とお前らは敵だ。敵が何しようと私の知ったことじゃない」

冷たく言った。

「わかりました。薫さん行きましょう」

そう言うと、つとむさんは薫さんの腕をつかんで入口に進んだ。

「ちょっと待て！」

女の子が呼び止めた。

「薫。これを閻魔にわたしといてくれ……。お前を呼んだのはそのためだ」

女の子は何やら、包みを薫さんに放り投げた。

「なんですかこれ？」

上手く受け取って、包みをジロジロ見ながら言った。

「着ぐるみだ。これ以上は言えない。プライベートのことだからな……」

着ぐるみとは……。閻魔ってどんな奴と思っている読者のあなた、それはこの先を読んでからのお・た・の・し・み。とにかく、その包みの中身が、今着ている熊の着ぐるみなのだ。つとむさん達は、実は月太より先回りしていた。月太が動かないのを見て、ビックリさせて先に行かせようとしたわけだ。

そのころ月太は、

「うわぁぁぁぁぁぁぁぁ」

まだ走っていた。すると、目の前には一つの小屋が見えてきた。だが、月太は止まらない。パニクって、もう前に何があろうと関係ないような感じだった。月太が小屋まであと百メートルまで来ると、小屋の中から一人の男が出てきた。それでも月太は止まらない。そんな月太を見て男は、

「チッ。しゃあねぇな」

とつぶやき、いつまでも止まらない月太の前に立った。月太と男の距離が一メートルになった瞬間……、月太の顔に男の回し蹴りが炸裂した。月太はもろにくらい、ついに止まったがバタンキューで気絶した。そんな月太を見ると、男はまたいやそうな顔をして、小屋に入っていき、戻ってきたときには片手には水がなみなみと注がれているバケツを持っていた。男はバケツを両手で持つと、勢いよく月太に水をかぶせた。

月太はビックリして起き上がった。

「な、何するんですか……」

月太が顔を手で拭くと、男は月太の胸ぐらをつかみ、

「それはこっちのセリフだ。誰だか知らんが、このリンゴ畑を荒らそうとするなら、容赦しないぜ……」

男は月太の胸ぐらをつかむ手に、力を込めた。月太は男の言っていることがよくわからず、

「え……。あ……、あの……」

二人の沈黙は続いた。そして二十分後、月太はようやく事情を説明し、家に上がらせてもらった。

「なんや、そうやったんか。わしはてっきり、どっかの頭のいかれた、飯もろくに食っとらん若造が、わしのリンゴ畑を荒らしにきたんかと思ったわ」

男は急に陽気になり、自分お手製のリンゴジュースを月太に飲ませた。しかし、どっかで見たことある顔だなと、月太は思った。

「あの、まだ名前聞いてなかったんですけど」

月太が聞くと、男は、

「人に聞く前に、まず自分から名乗るもんやで……」

リンゴジュースを一口飲みながら言った。

「あ、ごめんなさい……僕、好運月太といいます」

男は口についていたリンゴジュースを袖で拭うと、ニタッと笑った。

「へぇ、月太君ね、よろしく。でも、月太君は俺のこと知ってるんじゃないの。いや、俺の名前じゃなくて、俺の顔……よーく見てよ」

月太はよーく見た。確かに見たことのある顔だが……。

「あー、神様ー」

そうです。神様にそっくりなんです。でもどうして？

「正解。実は俺、あいつの双子の兄貴なんだ。名前は吉本マナ香、よろしく」

男は包帯だらけの手をさし出した。月太も手を出し握手した。しかし、マナ香が包帯を巻いているのは手だけではない。顔をのぞいたすべてに包帯が巻かれていた。

「あの、怪我でもしたんですか？」

月太が包帯を見ながら言うと、マナ香は、

「ああ、昔ちょっとね……」

マナ香は笑いながら言った。そして、月太はようやくリンゴの話をした。

「あの、あなたがリンゴ作り師さんですよね？　僕、ピンクレッドブルーアップルをもらいに来たんですけど……」

月太が聞くと、マナ香はリンゴジュースの空ビンを手に取って、

「あぁ、そうだけど、ちょっとまってね……。リンゴジュースがなくなっちゃった。新しいの作るからちょっとまってね……。ポポップル！」

マナ香が不思議な名前を呼ぶと、ベッドの中からモゾモゾと何かが動いた。すると、すばやくベッドから何かが飛びだした。謎の物体はそのまま、マナ香の膝に乗っかった。ようやく、止まった謎の物体に月太は目を疑った。その物体は、体は長丸く赤色でしっぽと耳は葉っぱなのだ。とても不思議な動物だ。

「かわいいだろ。ポポップルっていうんだ」

マナ香が頭をなでなですると、ポポップルはおしりを振って喜んだ。マナ香が立ち上がると、ポポップルは膝から飛び降りた。立ち上がったマナ香は冷蔵庫から水の入ったビンとリンゴ五個を取り出した。マナ香が椅子に座ると、ポポップルはすばやくマナ香の膝に座った。マナ香は水の入ったビンとリンゴ五個を机の上に置き、月太に

〜マナ香の部屋〜
冷蔵庫
鼻がとって口から中が見えるしくみ
キしくん
好きなポーズにしてものをほす
月太
吉本マナ香
ポホップル
イス
一見固そうだけビ実はやわらかくて誰のおしりにもピッタリ!
ベット
さっきまでホ。ポップルがねてました。

言った。

「さぁ、今からこのリンゴと水がリンゴジュースに変わります。どうするでしょう?」

マナ香に聞かれ、月太はここのことだから魔法でも使うのかと思った。

「……魔法かな……?」

月太がおそるおそる言うと、

「ブー。魔法なんかあるわけないでしょう。こうするんだよ」

そう言うと、マナ香はポポップルの口を手で大きく開け、その中に水の入ったビンを無理やり押し込み、リンゴも引き続き押し込んだ。

「ちょっとそんなに押し込んだら死んじゃうよ……」

それを見た月太が止めようとすると、

「しっ、まぁ見ててみ……」

マナ香はそう言うと、ポポップルを膝の上に寝かせた。ポポップルは赤い顔をさらに赤くした。なにやら力をためているようだ。

「うーうー」

妙なうめき声とともに、ポポップルの顔はさらに赤くなった。すると、おしりのほうからにゅるりと何かが出てきた。まさか、う○こ……と月太は思った。

「ちょっとまって、何を……」

またもや月太は止めようとしたがマナ香は気にも止めなかった。ポポップルのおしりからはどんどん何かが出てきた。しかしそれはう○こではなかった。なんと、ビンだった。まさか、さっきのビンが消化されずに出てきたのかと、月太は思った。おしりからはビンらしき物がどんどん出てきた。すると、あることに月太は気づいた。さっきは透明な水が入ってたのに、ポポップルのおしりから出てきたビンには薄いピンク色の液体が入っている。ビンはとうとうすべて出てきた。がんばれポポップル。ポポップルは力いっぱい力んだ。すると、ポンッと出てきた。出てきたのは、ご丁寧にリンゴジュースのラベルまで貼ってあるビンだ。しかしあまりこれは飲みたくないな……と、思う月太だった。

「どう、すごいでしょ。意外にもうまいんだよ、これが……」

そう言うと、マナ香は二つのグラスに注いだ。

「それで、なんだったたっけ……」

「え……」

月太はグラスを持ちながら言った。

「ほら、リンゴのことで、なんか聞いてたじゃん」

マナ香が言うと、月太はそうだっ、と思い、グラスを机に置いた。

「あの僕、ピンクレッドブルーアップルをもらいにきたんですけど……」

月太が言うと、マナ香はかるく笑った。

「ハハ、ピンクレッドブルーアップルなんてあるわけないじゃない……。あれは幻でとおっているし、この俺が、実らしたことのない実なんだよ」

このとき月太は、絶望感に打ちひしがれていた。

「あの、ないんだったら、帰ります」

そう言うと、月太は顔を下げて立ち上がり、ドアの方にとぼとぼと歩いていった。

「おい、飲んでいかないの……」

マナ香が止めようとした瞬間。誰かがドアを勢いよく開けた。そのドアは月太の鼻を直撃した。月太は目を回してぶっ倒れた。ドアを勢いよく開けたのは、

「おーす、兄貴いるー？　きゃわいいハル香が遊びにきたよー♡」

なんと、ハル香さんだった。

「ハ、ハル香、お、お前……」

マナ香が言うと、

「どうしたの、兄貴おどろいて。おれのあまりのかわいさにうっとりした？」

ハル香さんが言うと、マナ香は開けっ放しのドアを指差した。

「ん？　何……」

ハル香さんが振り向くと、そこにはぶっ倒れた月太がいた。

「ツ……ツッキー」

ハル香は月太のそばに駆け寄った。

「なんで、こんなところに……」

「こんなところで悪かったな……」

マナ香が言うと、ハル香さんは笑ってごまかした。月太はいっこうに目を覚まさなかった。すると、マナ香が、ポポッップルを呼んだ。

「しょうがねぇな、おーいポポッップル」

するとポポッップルは、マナ香がさっきまで座っていた椅子から飛び降りて、マナ香のところにすばやく走った。ポポッップルがマナ香の足元に来ると、マナ香はポポッップルの頭をなでた。

「ポポッップル、いつものたのむわ」

マナ香が言うと、ポポッップルは、

「プルッ」

と、鳴くと、月太の耳元に駆けよった。すると、ポポッップルが突然小さくなった。

「じゃ、たのむぞ。ポポップル」

マナ香が力強く言うと、

「ぷーる」

ポポップルは力強く敬礼した。そして、月太の耳の中に入っていった。中は真っ暗で、何も見えなかったが、いきなりポポップルの体全身が光った。

それでは今からポポップル語を人間語に直しながら、お伝えしたいと思います。

「ふー暗いなー、早く起こさなくちゃ」

ポポップルは、早々と歩いた。月太の耳の中はかなり、汚れていた。

「きたねーな、掃除してんのかよ……」

ポポップルは、ポリポリと月太の耳の中の汚れを前足で取った。ポポップルは前足で取った汚れを下にこすりつけ、先を急いだ。奥に行くと、鼓膜があった。さすがにここは通れなかった。

「えーと、確か……」

ポポップルはそこらへんを嗅ぎまわった。すると、鼓膜に小さな隙間があった。ポポップルはその隙間を、強引に自分が入れるぐらいの大きさに開け、隙間を通っていった。すると、隙間は元の大きさに戻った。

「いくぞ。早くいかないとマナさんに怒られる」

そう言うと、ポポップルは脳に続く道を進んだ。ようやく脳にたどり着くと、そこには、ミニ月太がご丁寧に布団を敷いて眠っていた。

「ようし……」

ポポップルは大きく息を吸い込んだ。そして、

「おーきーろー」

大きな声に月太の脳が揺れた。寝ているミニ月太が起き上がった。すると、本物の月太も起き上がった。月太が起き上がったので、ポポップルはコロコロと転がっていき、月太の口から見事に出てきた。マナ香はそれを見逃さず、きっちりとポポップルをキャッチした。ポポップルは元のサイズに戻り、月太もようやく起き上がった。

（ここからのポポップルは人間語からポポップル語に変わります）

「いたた。あれ、なんで神様が……」

月太は鼻を押さえながら言った。ハル香さんが口を開いた。

「よかった。ツッキー。無事だったんだね」

自分でやって何をぬかしとるか、この男は……。

「大丈夫か。ごめんな、出来の悪い弟なもんで……」

ポポップルを抱えながらマナ香が言った。すると、ハル香さんが頬を大きく膨らませた。

「ぶー、出来が悪いのは兄貴の方だろ。幻のリンゴだから、育ててみろとか言って、こんなのよこして全然育たないじゃないか……」

ハル香さんは怒りながら、ポケットから小さな鉢植えを取り出した。土はちゃんと入っているが、花や茎はおろか芽すら生えてなかった。

「ばーか、幻だから生えねんだよ」

何あたりまえのこと言ってるんだ、マナ香よ……。すると、月太が、

「ということは、これがピンクレッドブルーアップル……」

そう言いながら、ハル香さんから鉢をひったくった。

「そうだよ、ハル香にも一つあげたんだけど、やっぱ生えなかったな」

「やっぱりじゃないよ。僕、楽しみにしてたのに……」

ハル香さんが泣こうとすると、マナ香は抱えているポポップルを床に置き、ハル香のそばに駆け寄った。

「ごめん、ごめん、俺が悪かったよ。おわびにリンゴジュースやるから」

それを聞くとハル香さんはケロっとした顔で、椅子に座った。

「じゃあ、早く。ほら、ツッキーも早く飲も……」

マナ香はしかたなく台所にグラスを取りに行った。月太も帰ることを忘れ椅子に座った。

「でもさぁ、なんでツッキーがいるの……？　ここもババさまの森だけど、兄貴はこ

この管理者じゃないよ」

ちょうどマナ香が戻ってきたころにハル香さんが聞いた。

「あ……それは……」

月太は起きたことをすべて、ハル香さんに教えた。すると、

「えー幻のリンゴを持ってこないと、僕は神様を辞めることになるのー」

「そうなんですよ、でもリンゴはないし、もうだめだ……」

月太が頭を抱え込むと、ハル香さんは立ち上がり、マナ香に言った。

「兄貴、なんとかしてよー」

甘えた声で、マナ香の肩をつかみ揺らした。

「む、むちゃ言うな。今までだって何したって生えなかったのに、そう簡単に生えるわけないだろ」

マナ香はハル香さんの手を払いのけた。

「第一、俺もお前も三年前からリンゴを育ててるのに、幹はおろか芽すら出てこない。

やっぱり幻だったんだよ。あきらめろ」

マナ香はハル香さんの鉢植えを見ながら言った。すると、ハル香さんは黙り込み椅子に座った。すると、ポポッップルがハル香さんの鉢植えに向かって強く吠えた。

「ぷる……ぷるぷるぷるぷる」

あまりのうるささに三人は耳をふさいだ。

「ど……どうしたんだ、ポポッップル……」

マナ香が聞いても、ポポッップルはやめず、吠え続けた。そして、机に向かって体当たりした。すると、机にのっていた鉢植えが床に落ち、割れてしまった。すると、ポップルは吠えるのをやめた。

「だめじゃないか」

マナ香が怒ろうとすると、ポポッップルはマナ香のズボンに噛み付き、引っぱった。マナ香はなんだろうと思い、割れた鉢植えを見た。すると、

「あ……あった、あったよ」

マナ香がうれしそうに言うと、ハル香さんが尋ねた。

「なーにが」

「幻のピンクレッドブルーアップルがだよ」

マナ香が言うと、同時に二人は、

「えー」

と、叫びながら立ち上がった。二人も急いで、鉢植えをのぞき込んだ。すると、根っこに、プチトマトぐらいの赤いリンゴができているではないか……。マナ香さんはそれをそっともぎ取った。リンゴはルビーのように輝き、食べるのがもったいないぐらいのリンゴだ。

「そうか、幻だった理由がわかったぞ。普通のリンゴは地上にできるものだが、これは地下でできるようになっているんだ。だから、昔のリンゴ師は一生出てこない幻のリンゴだと言ったんだ」

マナ香はスラスラと推理し始めた。

「と言うことはさ、兄貴の畑にもできてるんじゃないの」

ハル香さんが言ったとたんに、マナ香は風のごとく畑に走った。月太も後を追いかけた。

畑にはいろいろなリンゴができていた。マナ香は畑の一番奥の柵にいた。月太も走って駆けつけた。

「確か、ここに埋めたんだが……」

マナ香は土を掘り返した。

「ここなんですか……」

月太が聞くと、

「あぁ多分、ここに埋めた。悪いけど手伝ってくれないか。あっ、スコップは使わずそこの軍手で頼む。俺の分も取ってくれ」

そう言われ、月太は木でできている机の上にある軍手を二つつかみとった。月太は軍手を手にはめると、もう一つをマナ香に差し出した。

「ありがと」

マナ香は軍手をはめながら言った。すると、後ろからゆっくりハル香が近づいてきた。

「大変だね。僕は手が汚れるから、そこらへんに座っとくよ」

マナ香はハル香さんを無視し、無我夢中で掘りつづけた。月太も、となりで掘り始めた。すると、

「あった。こんなに……」

マナ香は根っこにたくさんついたリンゴを見せつけた。その後リンゴは八十個近く掘り出された。

「やった。これで僕もハル香さんも……。僕すぐにでも帰ります。早く帰らないと二十四時間たっちゃうから」

そう言うと、月太は三個ほどリンゴを抱え込んだ。

「おぉ、バァさんによろしくな」

マナ香が言った。

「うん。ポポップルにもね」

月太が言い返す。

「ねぇ、ツッキー。僕もおばあ様に会いに行くよ。一緒に行こうよ」

ハル香さんが言うと、月太はこくりとうなずいた。二人はマナ香にさよならを言うと、畑を出て行き、黒いリンゴの家に走った。かなりの距離を走っても、杉の木はなかなか見えてこない。月太はとうとう立ち止まった。そんな月太を見てハル香さんは、

「大丈夫……、がんばって」

ハル香さんがはげましても、月太が限界なのはその姿を見てわかった。

「僕……、も……う……だめ……」

月太はとうとう座り込んでしまった。

「しょうがないなぁ、何かあったかな」

そう言うと、ハル香さんはポケットをガサゴソとさぐりだした。すると、

「あっ、いい物があった」

そう言って取り出したのは、『入口カキカキクレパス』だった。

「そういうものがあったら、早く出してくださいよ」

月太が弱々しい声で言うと、ハル香さんは笑いながら、

「ごめんごめん、すっかり忘れてたよ」

と言って、ハル香さんは入口を描き始めた。入口が描き終わったころには、もう夜になっていた。

「それじゃ、いこうか」

そう言うと、ハル香さんは月太の腕を引き入口に乗った。すると、一瞬で黒いリンゴの家の中にいた。そして、月太達の目の前には年老いた老婆が……。この老婆は一体……。そして無事に月太はここに住ませてもらえるのだろうか……。

四　神様らしい？　月太の運命は……

月太達の前には謎の老婆が。誰だろう？　と、思う月太をよそ目に、ハル香さんは言った。

「おひさしぶりです。マル香おばあ様。お元気で何よりで……」

ハル香さんがめずらしく礼儀正しくすると、マル香様は怒った。

「ふん、ゴマすったってなんにも出てこないよ。それより、新人が戻ってきたってことは幻のリンゴは持ってきたんだろうね」

マル香様は持っている杖で月太を差しながら言った。月太はなんで自分のことを知っているんだろう、さっきの若い女の子はどこへ行ったんだろうと思いながらもリンゴをマル香様に渡した。

「ふん、普通のリンゴに見えるけどね……」

マル香様はリンゴを手に取りながら言った。すると、ハル香さんが、

「おばあ様、それは間違いなくピンクレッドブルーアップルですよ」

「お前には聞いてない」

マル香様はそう言うと、リンゴを一口かじった。すると、

「うむ、これはまさしく、わしが三百年前に食べた幻のリンゴ、ピンクレッドブルーアップルじゃ」

マル香様はそう言うと、リンゴを机に置いた。

「えっ、三百年前？　昔食べた？　どういうこと……」

月太は頭の中がパニックになった。確かにそうであろう。すると、ハル香さんが説明し始めた。

「実はね、おばあ様は、唯一このリンゴを食べた人間なんだ。でも、このリンゴにはある仕掛けがあって、食べた人間は、自分が望んでいる間、若返ることができるんだよ。だから、おばあ様は死なないんだ。あっ、この世界ではね、百歳越えたら死んだことになって、人間界に生き返るんだ」

ハル香さんが説明し終わると、マル香様が咳ばらいをした。月太がマル香様の方を見ると、そこには先ほどまでいた年老いた老婆ではなく、最初にここで出会ったあの

美しい少女がいた。

「そういうわけだよ、新人」

明らかにさっきとは別人だった。

「まぁ、持ってきたから新人、合格だよ。だが、ハル香、私はあんたが気にくわないんだよ」

マル香様はハル香さんをにらみながら言った。

「ぼ、僕ですか……」

ハル香さんはあとずさりしながら言った。

「そうだ、お前だ。まったくお前は神だというのに、次から次へといらんことをしおって。事実、この新人が死んだ理由はお前にあるというではないか。それなのに、お前は私のところにこいつを預けにきた。自分がまいた種だったら、自分が刈ればいいではないか。お前はほかにも、私から見て神様らしいことは何もしていない。お前は神を辞めるべきだ」

マル香様は、ハル香さんを怒鳴り散らした。すると、月太が、

「ちょ、ちょっとまってください。確かに僕が死んだ理由は彼にありますが。僕はそれはもうなんとも思ってません」

二人の間に入ろうとしたが、マル香様は、

「そういう問題ではない。ようはこいつが神様らしいか、神様らしくないかだ。私が見る限りこいつは神には向いてない」

「それは違いますよ。ハル香さんは僕の羽を生やしてくれたり、書類を書いたり、会議にもちゃんと出ていますよ」

「羽を生やすのはあたりまえのことだ。お前の羽もこいつが生やしたみたいだが、お前の羽はちぎれているではないか、そんな軟弱な羽を作る神などいらん」

「これは、僕がちぎってしまったんです」

二人は激しく口論した。かつて、このマル香様にこんなに意見したのは、多分月太ぐらいだろう。ハル香さんは二人の姿を見て、どうしようか迷ってしまった。

「あの、二人とも落ち着いて」

ハル香さんが二人をなだめると、

「うるさい！」

二人は怒鳴り散らした。もう、目的がわからないほど二人は口論した。かれこれ一時間口論すると、

「ようし、そこまで言うのなら連れて来い。こいつを必要としている、神として認めている人間を。ただし、使用人以外だ。制限時間は七十二時間、三日間だ。それまでに見つけてこれたら。認めてやろう」

マル香様はそう言うと椅子に座った。一難去ってまた一難とはこのことか。月太も興奮を押さえきれなかった。

「わかりました。ハル香さんやりましょう」

「え、うん」

やる気満々の月太にくらべ、あまりやる気のないハル香さん。大丈夫なのか？

「それじゃ、行きましょ」

月太はハル香さんの腕を引き、薫さんが描いた入口に立った。二人の体は消え、部屋にはマル香様一人になった。

「この私に意見するとは、あの小僧なかなかやるな。おもしろくなりそうだ……」

マル香様は不気味にせせら笑った。

さてさて、そのころ月太達は森の中を歩いていた。

「まったく、なんですかあの人……」

月太は怒りがおさまらなかった。

「でもすごいね、ツッキー。あのおばあ様にそこまで言えるのツッキーぐらいだよ。みんな恐くてこの森にさえ近寄らないのに、唯一、おばあ様と仲がいいのは兄貴ぐらいだよ」

ハル香さんが苦笑いしながら言った。

「兄貴って、マナ香さん?」

「うん、兄貴は小さいころからおばあ様のお気に入りで、おばあ様は兄貴を神様にしたいみたいだけど……。兄貴はあの事件があってから……」

「あの事件……？」

月太が聞くと、ハル香さんは黙り込んだ。

「ごめんなさい、聞いちゃいけなかったかな……。それより、早くハル香さんを認めてくれる人をみつけよう」

月太が言うと、ハル香さんはこくりとうなずいた。

「誰か、いない？」

月太がたずねると、ハル香さんは考え込んだ。

「そうだ、薫さんは」

月太が言うと、ハル香さんは顔をゆがませて、

「か、薫。だめだめ、今けんか中だから。それに僕が神様辞めると聞いたら、飛び上がって喜ぶよ。というか、なんで薫のことツッキーが知ってんの？」

月太は、さっきここで薫さんに会ったことをハル香さんに話した。

「ふーん、ここに来てたんだ。なんの用だったたんだろう」

「さぁ？」

二人は考え込むと、ハル香さんがいきなり、

「わかった」

「え、理由ですか？」

月太が聞くと、ハル香さんは首を横に振った。

「ちがうよ。僕を神様として必要としてくれる人」

「えー、誰ですか？」

月太が驚いた顔で聞くと、ハル香さんは、

「え・ん・ま・さ・ま」

と答えた。月太はもっと驚いた顔をした。

「え……閻魔って、あの角を生やして耳がとんがってて赤い顔の……」

月太が聞くと、

「へー、よくわかったね」

月太は顔が真っ青になった。月太はマル香様に意見したことを後悔した。

「それじゃ、すぐに行こうか」

ハル香さんはそう言うと、ポケットから『入口カキカキクレパス』を取り出し、入口を描き始めた。描き終わると、二人は入口に立った。すると、月太達は地獄に来ていた。

「こ、これは何?」

月太が首をかしげて言った。むりもない、月太達の目の前にあるのは、想像してた恐ろしい地獄ではなく、少女マンガに出てきそうなメルヘンチックな世界だった。もしかして、閻魔ってオカマ? 月太は一瞬思った。すると、遠くからサングラスをかけ、背広を着た鬼が近づいてきた。

「なんか用か……。あ、神様でしたか、失礼しやした。今日はどんな御用で……」

鬼はハル香さんの顔を見たとたん、あわてふためいた。

「うん、ちょっと閻魔さんに会いにね」

「そうですか。それじゃあこちらに」

鬼は月太達を連れて、長い一本道を歩いた。

「ねぇ」

月太がハル香さんに小声で話しかけた。

「何？」

「ここ、本当に地獄ですか？」

月太が聞くと、

「あたりまえじゃないですか。地獄じゃなかったらなんだって言うの？」

先頭の鬼がいきなり話に割り込んできた。

「え……、だって地獄ってもっとドンヨリしてて、悪人達が鬼にいじめられたり血の池に沈められるとかそういうとこじゃ……」

月太が言うと、ハル香さんが笑い出した。

「ハハ、確かに前まではそんな感じだったけど、今の閻魔さんに替わってからここも変わったんだ。ね、火助さん」

ハル香さんが言うと、

「覚えててくれたんすか、あっしの名前。ありがとうございます。うれしいっす」

と、火助は嬉し涙で号泣した。

「そんな、泣くなんておおげさな。ほら、早く行こう」

ハル香さんが火助の背中をポンと押した。

「はい、すいません」

火助はそう言うと、勢いよく鼻をかみ、先を急いだ。

「しかし、神様。さっきから隣にいる方は誰なんですか？　地獄に来る方にしては邪悪な心をちっとも感じない。一体誰なんです？」

火助が月太を見ながら聞いた。

「ん？　ツッキーのこと？」

「ツッキー？」

火助が聞き返すと、ハル香さんは月太と肩を組んで、

「そ、好運月太。通称ツッキー。僕とマブダチ、よろしく」

ハル香さんが笑いながら言うと、月太もつられて笑った。

「よろしく」

月太が言うと、ハル香さんが火助の耳元で、

「なんたって、あのマル香おばあ様に意見した人だよ。気をつけたほうがいいよ」

「え、マル香様に……」

火助は驚いて声も出なかった（ちなみに、小声で話しているので月太には聞こえません）。

「どうかしたんですか？」

月太が二人に割り込むと、火助は月太を避け、

「さぁ、早く行きましょ」

月太は不思議に思い、ハル香さんはせせら笑った。

一本道を通っていると、かなり遠くに、この情景にピッタリのメルヘンチックなお城が見えた。ますます閻魔さんが謎に思えてきた月太であった。

「もうすぐですよ、頑張ってくださいよ」

火助が二人をはげました。だんだん城が近くに見えてきた。もうシンデレラ城顔負けの城だった。

「あの、城なんですか？」

月太がたまらず聞くと、ハル香さんが、

「お城」

なんと、あっさりとした答え。見たらわかるがなと、月太は思った。

「さぁ、着きますよ」

気がついたら、もう城の少し前だった。

城に着くと、火助がなんと口から笛を取り出した。これには月太ビックリ、もうドラ〇ンボールのピッ〇ロ大魔王の卵を産む姿を見てる感じだった。

「おえ、すいません。お見苦しい姿を見せてしまって」

火助はそう言うと、その場で口から取り出した笛を思いっきり吹いた。すると、門がゆっくり開いた。ドアが完全に開くと、中にいた家来らしき人がハル香さんを見て、床に赤いジュータンを敷いた。すると、上から声がした。

「火助さんご苦労でした。神様ようこそいらっしゃいませ」

月太が上を見ると、そこには薫さんと美しい女の人が立っていた。

「出迎えありがとうございます」

ハル香が言うと、薫さんはその場から立ち去った。

「いえいえ、どうぞこちらに上がってきてください」

そう言うと、女の人もその場から引いた。

「それじゃ、上に上がりましょう。どうぞこちらです」

火助はそう言うと、階段をのぼった。月太達も後に続いた。階段の段数はおよそ千段はあった。月太はへとへとになって最後の一段をのぼった。

「大丈夫ですか、ツッキーさん」

火助が心配そうに言うと、

「だ……大丈夫……のはず……」

月太は手すりにつかまりながら言った。

「もう少しで、閻魔様の部屋に着きますから」

火助はそう言うと、また歩きだした。この先は長い一本道の廊下だった。一番奥の大きな扉の部屋がおそらく閻魔様の部屋であろうと、月太は思った。床には足首がうまるほどの赤いジュータンが敷いてあった。月太はジュータンに足をとられ、思わず倒れてしまったが、ジュータンがふかふかなのでさほど痛くなかった。

「大丈夫？　ツッキー気をつけてよ」

ハル香さんはそう言いながら、月太の体を起こした。月太は体をパンパンと音を立てはらうと、今度は慎重に歩いた。

「あの一番奥の部屋が、閻魔様のお部屋です」

火助が言うと、月太はやっぱりと思った。三人はようやく閻魔様の部屋に着いた。

三人が部屋の前に立つと、中からドアがゆっくり開いた。部屋の奥にはさっきの美しい人が椅子に座っていた。月太がハル香さんに、

「あの、閻魔様はどこにいるんですか？」

と質問すると、

「何言ってるの、閻魔様なら目の前にいるじゃないか」

ハル香さんが小声で言うと、月太が大声で、

「えー」

部屋にいた人全員が月太の顔を見た。月太は気にもとめずペラペラしゃべりだした。

「だって、こんな綺麗な人が……。えー、だってハル香さん角が生えてるって」

「生えてるじゃん」

ハル香さんは閻魔様を見ながら言った。

「耳がとがってるって……」

「とがってるんじゃん」

「顔が赤いって……」

「赤いじゃん……」

「恐い顔してるって……」

「言ってないって……」

なんか、できそこないの漫才師みたい……。すると、ずっと見ていた閻魔様が笑い出した。

「ほほほっ、面白い方。どうぞ、神様とお連れの方、前へ。火助さんありがとう。下がっていいわよ」

閻魔様が言うと、

「ヘイッ、どうも」

四　神様らしい？　月太の運命は……

と、火助は照れくさそうにして部屋を出ていった。ハル香さんは閻魔様に歩み寄った。月太も後を追いかけた。

「閻魔様、おひさしぶりです」

ハル香さんは深々と頭を下げた。すると、家来らしき人が二つの椅子を持ってきて、ハル香さんと月太の後ろに置いた。閻魔様が手を差し出して、

「さぁ遠慮なさらずに座ってください」

月太は言われるがままに座ろうとしたが、ハル香さんが座らなかったので、月太もあわてて座るのをやめた。

「あの、実は……」

ハル香さんが言いにくそうに口を開いた。

「マル香様とのことなら、お断りしますわ」

閻魔様が言った。

「ど……どうして……」

ハル香さんが不思議に思って聞くと、閻魔様は笑いながら、

「目が見えなくても、私には心があります。あなた達のことは入ってきたときからわかってました。もちろん、お連れのことも……」

閻魔様は見えない目で月太を見た。月太は閻魔様のことをマル香様以上の人に感じた。

「好運月太さんですね。私、薫の母であり、閻魔でもあるクリスティーヌ・桜です。よろしくお願いします。まさか、あのマル香様と堂々と喧嘩できるなんて、尊敬してしまいますわ」

桜様が笑いながら言うと、月太も笑いながら言った。

「そんな、僕なんて……。あなたの方がとってもすばらしい方だと思いますが」

月太の言葉を聞くと、桜様はハル香さんの方に体を向けた。

「さて、神様、話の続きですが、私はあなたが神にふさわしくないとは思っていません。しかしあなたは最近、周りに迷惑をかけることが多いのです。現に娘の薫と喧嘩

したぐらいで、こちらに死人をくださらないのは、あまりにも子供っぽすぎるのではないですか。おかげで地獄は死人が減り、従業員に給料が払えなくなりました。神様というのは死人の行き先だけを決めるのではなく、その行き先、行き先のことをちゃんと理解しなくてはいけないんじゃないんですか。私はあなたがとてもそんなことをしている風には見えません。たとえどんなに忙しくても、一分でも時間があればできることですし……。私が神様に意見できる身分ではありませんが……。すみません、やはりあなたを助けることはできません」

ハル香さんは言葉を失った。月太も、桜様には何も言えなかった。

「そうですか、それじゃあ……」

ハル香さんは首を下向きに下げ一歩後ろにさがった。すると、

「ちょっとまって、お母様」

薫さんがいきなり月太達の後ろから現れた。薫さんはそのままズカズカと歩き、桜様の目の前で止まった。

「なんですか。薫さん」

桜様は丁寧に言った。

「ここまで来たのに、何もさせずに帰らせるのは少し相手に失礼かと……」

薫さんは顔を下に向けながら言った。すると、桜様は考え込んだ。

「そうですね。せっかくいらしたのだから……。しかし何を……」

桜様が考え込む姿を見て、薫さんは笑いながら言った。

「お母様、私に考えがございます」

「なんですか？」

桜様は考え込むのを止め、薫さんに尋ねた。

「この方達に、地獄にいるおちこぼれを一人直してもらうのです。神様ならばそんなこと簡単だと思いますが……。もし、それに成功できたら、神様を神様と認めてあげればよろしいかと」

薫さんが言うと、桜様も笑いながら、

「いいでしょう。薫さんの好きにしなさい。もしできたら、私からマル香様にお伝えしときます。ハル香様は神様らしいと……」

桜様が言うと、薫さんは満面の笑顔で、

「ありがとうございます」

薫さんは振り返り、月太の顔を見てVサインをした。そのまま、二人の背中を押し、入口に走った。三人が部屋を出ようとすると、桜様が声をかけた。

「薫さん……」

薫さんは足を止めて、桜様の顔を見た。

「なんですか?」

薫さんが聞くと、桜様は言った。

「私はすべてお見通しですよ……」

薫さんは首をかしげた。薫さんがどういう意味か聞こうとすると、桜様は、

「成功を祈っています。おいきなさい」

薫さんは言われるがままに、部屋を出ていった。すると、桜様は家来を呼び出し、耳元で何か伝えた。桜様に言われた後、家来は屋根裏から出ていった。

「青い果実が実ってきましたね……。食べごろが楽しみですわ」

桜様はボソリと口にした。その頃、月太達は、

「ところで、なんの用だったんですか？」

外で火助と合流していた。薫さんは月太の後ろでふてくされていた。月太は後ろを振り向き、

「あの、ありがとうございました」

月太がお礼を言うと、薫さんはさらにふてくされた顔をして、

「別にハル香のためにやったんじゃないから、誤解しないでよね。私はただ、ハル香が神様を辞めると、つとむちゃんが困ると思ったからしたまでのことよ」

そう言うと、今度はハル香さんがふてくされて、

「こっちだって、助けてくれなんて言ってないのに余計なお世話だよ。僕を認めてく

れる人はたくさんいるんだから、一人ぐらいだめになってもいいんだよ。それなのにお前が助けたから、僕が誰にも認めてもらってない感じじゃないか」

ハル香さんが怒鳴ると、薫さんが険しい顔をしてハル香さんに近づいた。

「何が認めてくれる人がたくさんいるよ……。年間一位のわがまま大王がよく言うわよ。はっきり言って、私が助けなかったら、あんた、あの時点で神様クビ！　ちょっとは感謝しなさいよ。このか・お・る・さ・ま・に」

すると、ハル香さんがさらに顔を近づけ、

「なんで、感謝しなくちゃいけないんだよ。まぁ感謝するとしたら、チャンスをくれた閻魔様だがな……」

「そのチャンスのきっかけを作ってあげたのは私でしょ」

二人はしばらくにらみあった。すると、火助が、

「やめてください。ハル香様も薫様も」

二人の間に割って入った。二人は火助が入ると、お互いそっぽを向いた。

　すると、ハル香さんが月太の顔を見て、

「行こう、ツッキー。こんなとこ、いたってしょうがないよ」

　そう言うと、月太の腕をグイッと引っぱって、足早に門に進んだ。そんなハル香さんを見て、薫さんが、

「ふん、しっぽまいて逃げるなんてやっぱり負け犬ね」

　と、大声で言うと、ハル香さんは薫さんのところに戻ってきた。月太は引きずられながら、ハル香さんについていった。

「誰が、負け犬だって……？」

　ハル香さんが問いただすと、薫さんは笑いながら、

「自信がないんでしょ、うちのおちこぼれを直す自信が……。まぁ負け犬なんだから逃げるのはしょうがないけど……。ほら、早く行きなさいよ。ま・け・い・ぬ」

　ハル香さんは顔を真っ赤にしながら、

「誰が、負け犬だ。よーし、おちこぼれの一人や二人すぐにでも直してあげるよ」

と言って自分の胸を叩いた。すると、火助が泣きながら、

「よ……よくぞ。言ってくれました。ではさっそく、これがおちこぼれリストです」

そう言うと、火助はノートパソコンをハル香さんに渡した。

「それじゃ、しっかり頼むわよ。ダメ神様……」

薫さんはそう言うと、城に戻って行った。ハル香さんは舌を出して、見送った。

「そんじゃ、あっしも仕事がありますので、これで……」

そう言うと、火助はぶっきらぼうに走りながら城に戻って行った。

「ちょ、ちょっとまってよ、これどーやって使うの？」

ハル香さんの言葉を無視して、火助は去って行った。実はハル香さんは機械オンチなんです。

「まいったな、ツッキー、パソコンの使い方わかる？」

ハル香が聞くと、

「す、少しぐらいなら……」

そう言うと、月太はノートパソコンをハル香さんから受け取り、それを床に置いた。

月太はパソコンを開くと、いきなり『パスワード』という文字が出てきた。

「え、パスワードってなんですか……？」

月太はハル香さんに聞くと、

「え、知らない……」

月太達が途方に暮れていると、

「おい、おめぇらなにやってんだ？」

後ろから男の子の声がした。二人が振り向くと、金棒を持った男の子が立っていた。

すると、

「おめぇー、もしかして神様か？」

男の子が聞くと、ハル香さんは威張って言った。

「そのとおり、何をかくそう、この僕が神様」

男の子は疑いながら、

「にしてはバカそうだな……」

ハル香さんは聞いた瞬間、頭をがくっと下げた。今日はこんなのばっか、そう思うハル香さんでした。

「あの、実はパソコンのパスワードがわからなくて……」

月太が聞くと、

「それ、閻魔様のパソコンか?」

男の子はハル香さんをよけ、月太に近づいた。

「いや、わからないです。火助さんからもらったんですけど……」

「火助……あぁあの案内人の、じゃあ閻魔様のだな。確か、閻魔様のパソコンのパスワードは全部共通で、たしか、パスワードは『ｋｉｓｓ』だったかな……」

男の子が言うと、月太はキーボードを押した。すると、画面が変わった。すると、男の子は、

「よかったな、それじゃおいらはこれで……。道の真ん中にいたら邪魔やで……」

『おちこぼれリスト

CRICK』

そう言うと、去って行った。月太は礼を言うと、ハル香さんのほうを見た。ハル香さんはまだ落ち込んでた。

「あの……開きましたけど……」

月太が言うと、ハル香さんは暗い顔で近づいた。

「なんて、書いてあるの……？」

ハル香さんは暗い表情で画面を見た。月太も画面を見た。

画面には、
と書いてあった、月太が『ＣＲＩＣＫ』と書いてあるところをクリックすると、画面が変わって、目次のようなものが出てきた。

月太はとりあえず一番上の項目をクリックした。すると、人の写真などがたくさん出てきた。

「これ、みんなおちこぼれかな……」

月太がハル香さんに聞くと、ハル香さんは首をかしげて、

「おちこぼれリストって書いてあるんだからそうじゃないの……。とりあえず簡単な人を選んで、さっさと終わらせよう」

月太はこくりとうなずくと、顔写真をクリックした。すると、その人の性質が書いてあった。

「えっと、名前は桜田門重三郎。年齢三十四歳。性格短気。問題は仕事をせず、いつも飲んだくれなやつ。だって、この人にする？」

月太が読み上げると、

「うーん、ダメ。顔が恐そう、次……」

ハル香さんが言うと、月太は次の顔写真を出した。それから二十分後、残り一個を残して、二人はすべてを調べた。

「さ……最後の……一個……」

月太が最後の顔写真をクリックすると、

「あれ、こいつさっきの……」

ハル香さんが画面を指差すと、月太も目をこすって見た。すると、その画面にはさっき、道端で会った男の子の写真がのっていた。

「この子、だったの……。えっと、名前は大和。年は十六歳。性格は陽気。問題はっきし言って才能がない。だって、どうします。もうこの子しか残ってないけど……」

月太が言うと、

「やるしかないじゃん。こいつしか残ってないんだし……。一発ガツンと決めようぜ」

ハル香さんはそう言うと、パソコンをたたんだ。

「んじゃ、ひとっ飛びして行こう」

ハル香さんが背中の『花羽』の花びらをつかむと、

「僕の羽、壊れてるんですけど……」

月太がハル香さんに言うと、ハル香さんは手で頭をかきながら、

「ごめん、知らなかった……。今すぐ直してあげるよ」

と言うと、月太の後ろに回り、ちぎれた部分を持ちながら、何やら呪文を唱えはじめた。

「うるわしき癒しの神、このあわれな少年の羽を直したまえ……」

誰があわれな少年じゃと、月太は思った。すると、ハル香さんが呪文を三回言うと、月太の羽が光り、ちぎれた部分は元通りになった。

「はい、できあがり。今度はちぎらないでよ」

ハル香さんはそう言うと、月太の背中をぽんっと叩いた。月太は羽をつかみ、思いっきり引っぱった。そして、月太が念じると、ようやく飛ぶことができた。

「やった！」

月太は思わずガッツポーズをした。すると、ハル香さんもパチパチと拍手した。

「やったね。そんじゃ僕も……」

ハル香さんはもう一度花びらをつかみ思いっきり引っぱって飛んだ。

「そんじゃ……行こうか」

ハル香さんが言うと、月太が首をかしげた。

「どこに……ですか？」

月太が聞くと、ハル香さんは止まった。

「さぁ、どこでしょう……？」

月太は思わずバランスをくずした。

「それじゃ、ダメじゃないですか……」

月太は体勢を立て直し言った。

「そんなこと言ったって……、パソコンには書いてなかったし。しかたない、火助に聞きにいこう。たぶん自分の部屋にいると思うから」

そう言うと、ハル香さんは城に向かって進んだ。月太も急いであとを追った。

そのころ、火助はハル香さんの予想どおり、自分の部屋で書類を整理していた。火助が机から立ち上がると、

「う、うわ……」

火助の目線の先には窓にへばりついているハル香さん達がいた。火助はあわてて窓を開けた。

「何してるんですか？　そんなとこで」

ハル香さんと月太は何も言わず部屋に入ってきた。

「よっ！」

ハル香さんが手を上げた。

「よっ！　じゃないですよ。どうしたんですか？」

火助が言うと、

「だって、おちこぼれを直すったって、場所がわからなかったら意味ないでしょ」

ハル香さんがパソコンを渡しながら言った。

「え、この中に書いてなかったですか？」

二人はそろって、うなずいた。火助は確かめようと、パソコンを開いた。

「あ、本当だ……。すいませんでした。それじゃ、しょうがないな……。どの人物のが欲しいんですか？」

　火助が聞くと、

「確か、大和君だっけ」

　ハル香さんが月太を見ながら言うと、月太はうなずいた。

「大和ですね。ちょっと待ってください」

　火助はそう言うと、戸棚の中の書類を引っかき回した。それから五分後……。

「あった。ありましたよ」

　火助はそう言うと、持っている紙をハル香に見せた。その紙には大和君に関する情報がたくさん書いてあった。

「サンキュー」

　ハル香さんはそう言うと、火助から紙を受け取った。

「それじゃ、バイバイ」

　ハル香さんが窓に手をかけると、月太はすでに飛んでいた。

「あ、そうそう火助」

ハル香さんは振り向いて言った。

「へいへい、なんでしょう」

火助は手をこまねいて聞いた。

「部屋の掃除、頑張ってね」

ハル香さんにそう言われ、辺りを見渡すと、床一面に書類が落ちていた。ハル香さんはそれだけ伝えると、手を振って飛んでいった。火助は頭を抱え込みながら叫んだ。

「NOー」

火助の声は城中に響きわたった。

そのころ、二人は、プカプカと空を飛んでいた。

「えっと、大和……。住んでいるところは、『鬼樽村』……だって」

ハル香さんが紙を読みあげた。

「どこですか……?」

月太がハル香さんに接近して言った。

「鬼樽村……確か、こっちだよ」

ハル香さんは南を指しながら言った。二人は南に向かって進んだ。

「でも、才能がないって、どういうことかな……」

月太が首をかしげて言うと、

「たぶん、鬼族の才能のことじゃないかな……」

ハル香さんがあおむけで飛びながら言った。

「鬼族……。なんですかそれ……」

月太もまねしてあおむけで飛んだ。

「鬼族っていうのは、将来鬼に絶対ならなくちゃいけない種族のこと。ちなみに火助も鬼族だよ」

「じゃあ、才能っていうのは？」

「だから、鬼になる才能。鬼にも才能がなかったらなれないんだ。いろいろ試験とかあって、それに合格したら鬼になれるんだけど、その才能がないんだね。僕もたまに試験官によばれたりするんだけど、それは過酷な試験なんだよ。例えば、全身針の服を着せられて、そのまま十時間座禅組まされたりとか、小さなビンの中に押し込まれたりとか、見ているだけでかわいそうに思えてきたよ」

それを聞いた月太は顔を青くして、

「そりゃ、大変だ……」

すると、いきなりハル香さんが止まった。月太はいきなりすぎてバランスをくずしかけた。気がついたらそこはもう鬼樽村の真上だった。

「ここだよ。行こう、ツッキー」

ハル香さんはそう言うと、ゆっくり下りはじめた。月太もあわてて下りはじめた。

二人が下に着くと、村には人っこ一人いなかった。しかし、だんだん人が民家から出てきた。そして、ハル香さんに近づいてきた。みんな、牙と角がついていて、顔の色はまちまち。月太は恐くて、ハル香さんにぴったり体をくっつけた。そして、いつのまにか二人は村の人に取り囲まれた。月太が、もうだめだ、なぶり殺される、と思った瞬間。

「いらっしゃいませ。鬼樽村にようこそ」

人をかきわけて、一人のおじいさんが出てきた。おじいさんがあいさつすると、周りの人は満面の笑みで、月太達に笑いかけた。すると、ハル香さんが、

「おっす。皆元気してた？　町長も元気そうで……」

町長とは、このおじいさんのことだ。

「あたりまえですばい。おや、そちらの方はうちの新人かな。なかなか鍛えがいがありそうな子ですが……」

おじいさんが笑うと、月太はおもわずハル香さんの体にかくれた。なぜか、月太にとって、このおじいさんはただ者ではない感じがしたのです。

「ちがう、ちがう。今日は人をたずねてきたの。この子は僕の友達。この村に大和って子いるでしょ」

ハル香さんが聞くと、後ろから、大男が近づいてきた。

「大和はおれの息子だが……」

男は顔を近づけて言った。はっきし言って、恐い。

「あ、そうですか。今どこにいるんですか?」

さすがにハル香さんも恐かったらしい。だって、足がガクガク揺れていたから。

「しらん。どうせ、どっかブラブラしちょるんだろ。うちの息子になんか用か」

男はさらに顔を近づけて言った。何度も言うようだが恐い。

「あ、別に用ってほどではないんですけど……」

男の顔に気迫負けする月太とハル香さん。そのとき男の手が上に上がった。殴られるのか、と思い二人は目をつぶった。さて、この後はどうなるのかな……? 次回『日本一ついてない男』をお楽しみに。

あとがき

どーも、作者の西村でーす。今日はこの『日本一ついてない男』を買ってくれてありがとう。

この本（物語）を作ったきっかけは、学校の学級新聞でした。友達に「新聞にのせるから、何か作って」って、言われたから、この物語を作りました。

最初は、どんな話にしよっかなぁって考えて、死んだお父さんのことを思い出しました。天国ってどんなとこだ？　とか、死んだらどうなるんだろ？　って必死に考えて、ユニークな天界を思いつきました。最初は遊び半分だったけど、そのうち楽しくて楽しくてしょうがなくなりました。

今、この物語を書いていて、とっても幸せです。

西村あずさ

著者プロフィール

西村　あずさ（にしむら　あずさ）

昭和63年10月17日生まれ
京都府出身
趣味・小説を書くこと　特技・編み物
平成16年３月、城山中学校卒業

日本一ついてない男

2004年4月15日　初版第１刷発行

著　者　西村　あずさ
発行者　瓜谷　綱延
発行所　株式会社文芸社
〒160-0022　東京都新宿区新宿1－10－1
電話　03-5369-3060（編集）
03-5369-2299（販売）

印刷所　株式会社エーヴィスシステムズ

ISBN4-8355-7213-0 C0093